小木君人

森の魔獣に花束を

イラスト：そと

あっ……うわっ……
まっ、待ってっ!

じゃ、いただきまーす。

花の色が同じじゃないわ。
なんで？

この森にはこんな青い薔薇が
咲いているはずなんです。

アッタマきた！
絶対ぶっ殺すわ！

DESIGN:Shun Mizuki[+INNOVATION]

森の
魔獣に
花束を
小木君人
イラスト：そと

人物紹介

クレヲ

名家の子息。絵を描くことが生きがい。

ロザリーヌ

魔獣の少女。人間を捕食するが、性格は無邪気。

プロローグ

社会を動かす大きな力として剣と魔法が存在する世界。

クランベラという村があった。辺境に位置する、さびれた小さな村だ。

そして村から小一時間も歩いた場所に、その——樹海とも呼べる広大な——森はあった。

森は生命に溢《あふ》れていた。猟師の求める獲物も、薪《まき》などの木材も、薬の素となる貴重なハーブも豊富だった。その恩恵にすがれば、クランベラは今よりもっと活気のある村になっていたに違いない。だが村人たちは、よほどのことがない限り、この森に近づこうとはしなかった。

彼らは知っていたのだ。

暗き森の奥深くに、人を喰《く》らう異形《いぎょう》の存在が、恐ろしき魔物どもがひそんでいることを。


そんな森に少女がいた。

めったに人が入ってこない森だから、いつも独りぼっちだった。

だが、森にあるなにかを求めて、冒険者の類《たぐ》いがまれに足を踏み入れてくる。

すると少女は、薄暗い陰の中から彼らにこう呼びかけるのだ。

だれか、たすけて……。

魔の森へ

1

――コン、コン。

立派なお屋敷の扉とは、ノックをしたときの音にまで気を遣われているのだろうか。まるで鍵盤楽器を叩《たた》いたような心地よい音が鳴り響いた。

「ちょっ、ちょっと待ってくださいっ」

部屋の主《あるじ》は、無駄だとわかっていながらも慌てた声で返事をする。案の定、扉は無情に開かれた。ぎりぎりまで弦を引かれた弓を思わせるような姿勢のいい男が、ひと言の断りもなしにつかつかと部屋の中に入ってきた。〝精悍《せいかん》さ〟がスーツを着て歩いているような男だった。しかし眼鏡《めがね》に縁取られたその瞳は、いかにも神経質そうな冷たい輝きを放っている。部屋の主である少年――クレヲ・グラント――は、その眼差《まなざ》しに背筋が凍る思いがした。

「あ、あの……」

「一階で皆さまがお待ちです。まだ準備が終わらないのですか？」

じろりと、男はベッドの上でだらしなく口を開けているリュックを睨《にら》んだ。リュックの口から、スケッチブックと水彩絵の具のケースがちらりと覗《のぞ》いていた。少年はリュックを隠すように、慌ててベッドと男の間に立ちはだかったがもう遅い。

男は名をマーカスといい、この家の執事を務めていた。

顎《あご》をくいっと上げ、斜め四十五度にクレヲを見下ろし、ふんと鼻から息を吐く。

「命懸けの試練に臨むのに、お絵描き道具持参ですか。たいした余裕ですね」

言葉の棘《とげ》を隠すつもりもないとばかりにマーカスは言い放った。

ただの嫌味《いやみ》なら、いつものように黙ってうつむくだけだったろう。しかし絵のことを言われて、クレヲの気弱そうな垂れ目にかすかだが怒りの色が滲《にじ》んだ。

「……父さんに、言うんですか……?」

マーカスは一瞬だけ、くだらない冗談を聞かされたみたいな顔をして唇の端を歪《ゆが》めた。しかしすぐに元の無表情に戻った。

「私の仕事はあなたの監視ではありません。あなたがどんな心構えでこの〝青い薔薇《ばら》の試練〟に臨まれようが、私にはどうでもいいことです。どうぞご勝手に」

この男、執事とはいえ、グラント家に雇われている人間にあるまじき無礼な態度だ。だがクレヲは驚かなかった。マーカスは五年前に初めてこの屋敷に来た日から一度だって、グラント家の長男であるクレヲに礼を払ったことはなかった。

たとえば、マーカスはクレヲの部屋のドアをコンコンとノックする。二回のノックがトイレノックであることを彼が知らないとは思えない。

お辞儀もするし敬語も使うが、そこに一片の心もこもっていないのは、当時十歳だったクレヲにもはっきりと理解できた。

だが、どうしようもなかった。

グラント家の長である父に、マーカスの無礼かつ氷のような冷たい態度について訴えたとしよう。場合によってはマーカスは解雇を言い渡されてもおかしくない。

だがしかし、父はなにより優秀な人間を好んだ。そしてマーカスは、父の期待を遥《はる》かに超えるほど優秀な男だった。

（加えて僕は優秀じゃなかった。父さんの期待に一つも応えられなかった——）

だからクレヲは黙って耐えた。父が、自分とマーカスのどちらを取るか？　試すまでもなかった。この数年、父のほうからクレヲに声をかけてきたことは、ただの一度もない。クレヲは期待されなくなったのだ。

昔はそのことが寂しくもあった。しかし今は、これでよかったのだとクレヲは思っている。

父が「お前はそれでもグラント家の跡継ぎか！」と怒鳴ることはもうない。

言葉と本物の鞭《むち》を、容赦なく叩《たた》きつけた家庭教師たちは、名前も思い出せない過去の人だ。

誰からも文句を言われず、一日中好きな絵を描いていられる。今の自分に満足か？　そう問われると難しいところだが、少なくともクレヲは自分の人生に納得していた。どうせこんなものだろうと。

なのになぜ、命懸けの試練など受けなければならなくなったのだろう。

クレヲは体が弱く病気がちだった。母のロザリアも同じ体質で、若くして病死した。きっと自分もそうなるのだと思う。なのになぜ、そっとしておいてくれないのだろう。なぜ居心地のいい自分の部屋から引きずり出し、か細い両手に剣と盾《たて》を持たせて、魔獣が跋扈《ばっこ》する危険な森に入れというのだ。

不満や憤りをかすかに――クレヲにとっては精いっぱい――込めて、じっとマーカスを見上げる。しかしマーカスはもう一度鼻を鳴らし、クレヲの視線を吹き飛ばした。

「とにかく準備をお急ぎください。出発の時間は変えられません。皆さま、お忙しい中お集まりなのですから」

そう言ってぐるりと反転し、入ってきたときと同じ勢いで部屋を出ていった。なんともいえない敗北感に打ちひしがれながら、クレヲはのろのろとリュックの口を閉じる。

ふと窓際に目をやった。出窓の棚に、無数の棘《とげ》に覆《おお》われた植物の鉢植えがある。覇王樹《はおうじゅ》、という。自分のいない間、誰かがちゃんと面倒を見てくれればいいのだが。そんなことを考えながらリュックを背負う。

うっ……!?

十五年の人生で経験したことのない重さが肩に食い込み、思わず呻《うめ》き声が漏《も》れた。少しでも気を抜くと、体が後ろにひっくり返ってしまいそうだ。リュックの中身は寝袋と絵の具類、雨が降ったときのためのレインコート、水筒。それだけならそれほど重くはなかったのだが、護身用に持たされたバックラーという盾《たて》をくくりつけたせいで、とんでもない重荷になってしまったのだ。これでさらに剣を持って、何日間も森をさまよわなければならないという。拷問《ごうもん》だ。クレヲは気が遠くなりそうになった。

重く危《あや》うい足取りで廊下に出て、よろよろとふらつきながら進んだ。何度も引き返したい衝動に駆られながら、二階の玄関ホールへ通じる扉の前までたどり着く。扉を薄く開けると、その隙間《すきま》からむわっとする熱気と賑《にぎ》やかな人声が鉄砲水のように流れ込んできた。まるでパーティ会場に迷い込んでしまったかのようだ。

クレヲはこそこそと扉をくぐり抜けた。玄関ホールは吹き抜けで、手すりの柵越しに一階の様子がうかがえる。下を覗《のぞ》くと、グラント一族のお歴々《れきれき》が勢揃《せいぞろ》いして彼を待っていた。玄関からホール中央の大階段に向かって敷かれた赤絨毯《じゅうたん》が、集まった大勢を二つに分けていた。大階段を正面にした右側の先頭で、見覚えのあるような男たちとクレヲの継母《ままはは》であるオードリーが談笑していた。その横で、三つになる息子のローレンス――クレヲの腹違いの弟――が、退屈そうに母のスカートを握っていた。

一方、左側の先頭では父の妹夫婦――つまり叔母《おば》夫婦――が、そわそわと落ち着かない様子で辺りをうかがい、顔を寄せ合っては何事か耳打ちし合っていた。

皆はそれぞれ楽しそうにおしゃべりしていたが、右側の集団と左側の集団の間に会話のやり取りはなかった。まるでレストランで無理やり相席にされてしまった二組の客のように、赤絨毯の向こうには誰もいないとばかりの態度だった。

ぱっと見た感じでは、右側の集団の人数は左側の集団の二倍弱ほどだった。そしてその二列の真ん中、大階段の真正面で、クレヲの父であり一族の頂点に立つフォスター・グラントが、瞑想《めいそう》でもしているように目をつぶり、息子がやってくるのを待っていた。

これだけ大勢の人間が自分を待っているのだと思うと、少し恐ろしくなった。引き返したい気持ちも最高潮に達したが、父の眉間《みけん》に刻まれた皺《しわ》が〝クレヲはいつまで待たせるんだ〟と物語っていた。クレヲは、父の振るう鞭《むち》の音を思い出しぞっとする。すると足が勝手に動き、大階段に向かってゆっくりと歩き始めた。クレヲに気づいた者たちが歓声を上げる。その声を聞いていると、闘技場に向かう奴隷《どれい》剣士になったような気がした。

2

これからクレヲが挑む〝青い薔薇《ばら》の試練〟について、集まった人たちにマーカスが改めて説明をしている。クレヲはそれを白昼夢でも見ているみたいな気分で眺めていた。

青い薔薇の生えている森では、危険な魔獣に遭遇する可能性があります……協力者として剣士を一人同行させます……青い薔薇《ばら》を見つけ出して、十日後の日没までに無事戻ってこられたとき、クレヲさまはグラント家の正式な跡継ぎとして認められます……もし間に合わなかった場合、あるいは青い薔薇を見つけられずに戻ってきた場合は、継承権は自動的に弟のローレンスさまのものとなります……以上、質問のある方はいらっしゃいますか……。

気がつくとクレヲの前に、革鎧《レザーアーマー》をまとった長身の男が立っていた。ひと目で冒険者とわかるその男は、クレヲの頭を鷲《わし》づかみできそうなくらい大きくてゴツゴツした手のひらを勢いよく差し出してきた。

「グレッグ・リーです。どうぞよろしく。なにがあろうとあなたの安全をお守りしますので、大船に乗ったつもりでお任せください」

クレヲが恐る恐る手を出すと、その手をがっちりつかんでグレッグはさわやかに笑った。割れんばかりの拍手と歓声が上がる。

そんな中、人垣の奥から叔母《おば》夫婦が興奮気味に駆け寄ってきた。

「グラント家の将来は君にかかっている。頑張るんだよ！」

「死んだお義姉《ねえ》さんのためにも、絶対に青い薔薇を見つけて戻ってくるのよ！」

異様なほど熱の入った激励に、クレヲは醒《さ》めた眼差《まなざ》しをもって答えた。

（母さんのため……？　僕がグラント家を継げば、本当に母さんは喜ぶだろうか）

昔の記憶が蘇《よみがえ》る。つらい記憶ほど鮮明に思い出せる。

六歳か七歳くらいの頃、父から直々《じきじき》に乗馬の特訓を受けた。何度も落馬し、「なぜ教えたとおりにできない！」と鞭《むち》で打たれた。特訓は二時間ほど続き、クレヲは気を失った。

意識を取り戻すと、自分の部屋のベッドにいた。体中に包帯が巻かれていた。傍《かたわ》らに母がいて、こう呟《つぶや》いた。

「ごめんなさい……」

母の目は真っ赤だった。なぜ母が謝るのか、幼いクレヲにはわからなかった。ただ無性に悲しくて、ベッドにもぐり込んで震《ふる》えながら泣いた。布団越しに母のすすり泣く音が聞こえ、全身の打ち身がズキズキと痛んだ。その痛みは、まるで生々しい痣《あざ》が今もまだ残っているかのようにはっきりと思い出せる。

（母さんは、僕がグラント家を継ぐことを望んでいたのだろうか……）

大人たちの事情はよくわからなかったが、どうやらグラント一族は、クレヲを本家の跡継ぎにしたい人たちと、弟のローレンスを跡継ぎにしたい人たちとに分かれているらしかった。そして叔母夫婦は前者の筆頭なのだろう。

（父さんはローレンスをグラント家の跡継ぎに考えているはず。少なくとも僕に跡を継がせるつもりは、これっぽっちもないだろう）

そもそも〝青い薔薇の試練〟とは、誰に本家を継がせるかで意見が割れたときに行うグラント家の伝統らしい。つまりこの叔母が、ローレンスを跡継ぎにしようとする父の考えに不服を申し立てたのだ。

(余計なことを……)

嘘《うそ》臭い作り笑いを浮かべる叔母《おば》の顔が、クレヲの神経をさらに逆なでする。だからつい、

「母さんのためじゃなくて、あなたたちのためでしょう?」

と、あとちょっとのところで言ってしまいそうになった。

あとちょっとのところで——結局、クレヲはその言葉を呑《の》み込んだ。今、場の空気もわきまえずにそんなことを言えば、父の顔にも泥を塗ることになる。そんな度胸はなかった。吐き出されそうになった言葉は腹の底に流れ込み、胸焼けを起こしたように気持ち悪くなる。

そのとき、クレヲの視線はたまたま捉えてしまった。

継母《ままはは》であるオードリーが、列に戻っていく叔母夫婦を見て、ほんの一瞬——あざけるように唇の端を吊り上げたのを。

大音量の拍手と声援を左右から浴びせかけられながら、クレヲは赤絨毯《じゅうたん》を進んだ。

使用人たちが玄関の扉を開く。その遥《はる》か先では別の使用人たちが、大人の身長の二倍はありそうな鉄製の門を早くも開けようとしていた。まるで〝早く出ていけ〟と言われているような気がした。

扉をくぐり館の中から一歩足を踏み出す。暑い。悪意すら感じる夏の日差しに目を細めなが

らふと、

(もしかしたら、もう二度と、この玄関をくぐることはできないかもしれない……)

と思った。

3

屋敷を出て、用意されていた馬車に乗った。クランベラという村に着く頃には日が暮れていた。馬車に揺られていただけでくたくたになり、村に一軒しかないというボロ宿の、信じられないほど硬いベッドでも一瞬にして眠りに落ちた。

次の日、クレヲが目覚めるのを待って、やや遅めの出発。真夏の日光に焼かれながら小一時間ほど歩いて、とうとう目的の森にたどり着いた。

「うっ……わぁ……!」

クレヲは初めて見るその風景に圧倒された。見上げるような巨木が、延々と尽きることなく広がっている。その大きさは、国が一つ呑み込まれてしまいそうなほどに思えた。

「心の準備はできましたか? それじゃあ行きましょう」

グレッグに促されて森の中に入ると、瞬間、空気が変わった。

(涼しい……まるで別世界だ……)

森の外では生温《なまぬる》く肌にまとわりついてきた微風も、ここでは心地よいそよ風だった。玉の汗を気化し、体の内に溜《た》まった熱をすーっと冷やしてくれる。

(それに……なんて綺麗《きれい》な光なんだろう)

木がたくさん生えているのが森である。そんなことはクレヲだって知っていた。庭に生えている木を見て、それがたくさんあるのが森だと想像した。しかし今、本物の森を目にして、自分の想像した森に欠けていたものをクレヲは知った。〝木漏《こも》れ日《び》〟だ。

庭の木にだって木漏れ日はあった。だが違うのだ。森はほとんどを影に覆《おお》われた世界だ。影は不安を連想させる。その影を、葉と葉の隙間《すきま》をくぐり抜けたわずかな光が照らし出した。ただの木の幹、地面を覆う草や苔《こけ》が、まるで宝石のようにまぶしく光っていた。

圧倒的な影が、ほんの一条の光を引き立てている。なんとも不思議な光景だった。

(これが森の美しさ……)

思わず感嘆のため息が漏れた。

気がつくと、グレッグがクレヲの顔をじっと見ていた。

「あっ……す、すみません。森を見るの、僕、初めてだったので……」

グレッグは目をぱちくりさせる。「初めて？　今まで森で遊んだりとか、したことなかったんですか？」

「え……ええ、まあ……」

「へぇぇ～。名家のお坊《ぼっ》ちゃんっていうのは、そういうもんなんですか。やっぱり違うんですねえ、我々とは」

彼の口調は、昨日初めて挨拶《あいさつ》を交わしたときより、少し砕《くだ》けたものになっていた。

クレヲが今まで森に来たことがなかったのは、幼い頃はひたすら勉強の毎日で、どこかに連れていってもらうようなことがほとんどなかったからだ。ローレンスが生まれて勉強漬けの日々は終わったが、それでもクレヲが自由に外を出歩くことは禁じられた。マーカス曰《いわ》く、『あなたが外に出て、怪我《けが》をしたり病気になったりしたらいろいろと面倒なんですよ』

ゆえにクレヲにとって、グラント家の敷地内だけが〝世界〟だったのだ。

そんな経緯をわざわざグレッグに説明する気にはなれず、ただ曖昧《あいまい》に笑ってごまかした。惨《みじ》めな過去をさらして、初めての森の感動に自ら水を差すようなことはしたくなかった。

そんなクレヲの心情を察したのか――あるいは、どうでもいい世間話のつもりだったのか――グレッグはそれ以上話をふくらまそうとはしなかった。おもむろに懐から小さな丸いケースのようなものを取り出す。

「これはクランベラの村を指す〝魔法のコンパス〟です。クレヲさんが持っているのは青い薔《ば》薇《ら》の場所を指すコンパスですよね？　誘導、よろしくお願いしますよ」

「あっ、はい……！」

クレヲが首にかけた紐《ひも》をたぐると、ベストの内側から同じく魔法のコンパスが出てきた。互いの魔法のコンパスを差し出して見比べる。指し示す方向がそれぞれ違った。

魔法のコンパスは、〝基軸石《きじくせき》〟という黒色の鉱石と対にして使用する。普通のコンパスは北を指すが、魔法のコンパスは対となる基軸石のある方向を示すように出来ている。森の中では磁気が乱れて、普通のコンパスが役に立たなくなることがあるが、魔法のコンパスなら磁気の乱れに関係なく、常に基軸石のある方角に向かって針を動かすのだ。ひとつの魔法のコンパスと、ひとつの基軸石で一対とし、その一対ごとに固有の識別番号《シリアルナンバー》で登録・管理されている。魔法のコンパスの周囲に複数の基軸石があったとしても、その魔法のコンパスと同じ識別番号の基軸石にしか針が反応しないように作られている。

グレッグは対となる基軸石をクランベラの村外れに埋めてきた。クレヲのコンパスに関しては、二百年ほど前のグラント家の先祖が青い薔薇《ばら》の咲く地に基軸石を埋めたとも、とある冒険者から〝青い薔薇への道を示すコンパス〟として高額で譲り受けたともいわれている。

「えーっと、うちの魔法のコンパスはあっちを向いてますね」

「確かに……ふむ、わかりました」

グレッグはクレヲの指差す森の奥を一瞥《いちべつ》して頷《うなず》いた。

「どうします、少し休憩してから行きますか？　ここまで歩いてきただけでも結構疲れたでしょう？」

「そうですね……。でも、まだなんとか平気です」

今朝、クレヲが寝坊したため宿を発《た》つのが少し遅くなったのだ。コーヒーを飲みながらグレッグは「構いませんよ」と笑っていたが、クレヲは気にしていた。遅れを取り戻したかった。

「無理はしないほうがいいですよ？　森を歩くのは今まで以上にしんどいですから」

グレッグは、診察中の医者のような眼差《まなざ》しでじっとクレヲの顔色をうかがう。クレヲは大丈夫ですと言って胸を張った。

「……わかりました。じゃあせめて、その盾《たて》をお持ちしますよ。重いでしょう？」

クレヲのリュックにくくりつけていた盾をグレッグは指差す。

「えっ……でも……」

マーカスの言葉が思い出された。

『青い薔薇の生えている森では、危険な魔獣に遭遇する可能性があります』

これからついにこの盾が必要になるかもしれない。だからこそ歯を食い縛って、肩に食い込む重みに耐えてきたのだ。

「でもですね、クレヲさん、失礼ですが盾を扱えるんですか？」

そう言われると首を横に振るしかない。盾も剣も、昨日生まれて初めて手にしたのだ。

そうでしょう？　とグレッグが続ける。

「使いこなせない盾はただの荷物ですよ。動きが鈍くなる分、よけいに危険です。無駄に体力を消耗すれば、今後の探索にも支障が出ます」

グレッグは冒険のプロだ。その言葉には、反論の余地もないほど説得力があった。

「でも……いいんですか？」

グレッグは両手持ちの長剣《ロングソード》使いなので盾は不要。彼にとっても無駄な荷物のはずだ。クレヲが上目遣いで申し訳なさそうに尋ねると、グレッグはニッと歯を剝《む》き出して笑った。

「この程度の荷物、なんてことありませんよ。それに、私がクレヲさんの盾《たて》になりますから、どうぞご安心ください」

まるでなんでもないことみたいにあっさりと告げる。その言葉が、クレヲの鼓膜《こまく》を震《ふる》わせ、脳を揺さぶった。真っ赤になった顔を隠すようにうつむき、しどろもどろで答える。

「あっ……う……そのっ……よろしく、お願いします……」

言葉だけでは足りない気がして、ペコッと頭も下げた。グレッグの苦笑と、「それが私の仕事ですから。さぁ、行きましょう」と言う声が聞こえた。

クレヲはうつむいたままグレッグの斜め後ろについて歩きだした。気づかれないようにそっと目元を拭《ぬぐ》った。

4

人からこんなに優しくされたのは、ずいぶんと久しぶりのような気がした。

昼間はどこに目を向けても優れた芸術作品のように美しかった森だが、太陽が傾き林冠部《りんかんぶ》をわずかに照らすだけとなると、途端にその表情が変わった。

ピリピリとした異様な緊張感が辺りに充満しだす。グレッグのようなプロの冒険者でなくとも、はっきりとなにかを感じ取ることができた。まるでそこら中の木や茂みの陰になにかがいて、息を殺してじっとこちらを観察しているようだった。

言いようのない不安が込み上げ、心拍が乱れる。もしこの〝青い薔薇《ばら》の試練〟に同行者が許されなかったら、闇《やみ》が濃さを増しつつある森の中でたった一人だったら、想像するだけで背筋に冷たいものが走った。ぶるっと身震いすると、グレッグが驚いた声を上げた。

「えっ、ひょっとして寒いんですか？」

クレヲは曖昧《あいまい》に笑って、「日が暮れた森ってちょっと不気味ですね」とだけ言った。

結局、本日の探索はここまでとなった。わずかでも日が残っているうちに野営の準備をしなければならない。

「これっ……美味《おい》しいですねぇ！」

パチパチとはじける焚《た》き火を囲んで二人は夕食を食べた。とれたての森の生き物を串で刺して火であぶっただけというシンプルなメニューだ。

「いや、今日はついてました。この赤森林蟹《アカシンリンガニ》は美味《うま》いけど、数が少なくてなかなか出合えないんですよ。青森林蟹《アオシンリンガニ》なら河原や沼地なんかにたくさんいるんですが、泥臭くて不味《まず》いんです」

思わぬ獲物にグレッグもご機嫌だった。頼んでもいないのに、過去の自分の冒険譚《たん》にちょっとした自慢話を交えて語ってくれたりした。クレヲはそれを、まばたきも忘れてしまいそうなくらい夢中になって聴き入った。

「……剣があと一センチ短かったら、私はもうあの世行きだったわけですよ。それ以来、私は盾《たて》よりも剣の長さを信頼するようになったんです。ところで……」

グレッグは物欲しげな視線でクレヲの荷物にちらっと目をやった。

「クレヲさんのその剣……ちょっと見せてもらってもいいですか？」

「えっ？　あぁ、もちろんです。どうぞ」

「いや、すいません。実は昨日からずっと気になっていたんですよ。こういうのも職業病っていうんでしょうかねぇ……ほほぅ」

クレヲから手渡された短剣《ショートソード》を恭《うやうや》しく掲げて、鞘《さや》から抜いた。美しく装飾された鞘に比べ、刀身も柄も、どこにでもあるような地味なものだった。だがグレッグは一声唸《うな》ると、なにかに取り憑《つ》かれたように無言で剣に見入った。

「どうなんでしょう。素人《しろうと》の僕には、ただの普通の剣みたいに見えるんですけど……」

グレッグは答えなかった。クレヲのことなどすっかり忘れてしまったみたいだ。研《と》ぎ澄まされた刃先とグレッグの瞳が、ちろちろと蠢《うごめ》く焚《た》き火の炎を映して赤く光る。軽く振り回してみたり、鍔《つば》の部分に指を添えてヤジロベエみたいにバランスを取っていたかと思うと——

「失礼します」

と言い、突然剣の先を焚き火であぶりだした。

あぶられた刃先が、ゆらゆら揺れる炎の先端をしゅるっと吸い込み、そしてルビーのように紅く輝きだす。驚きのあまり、クレヲは言葉を忘れた。

グレッグが、信じられないと言わんばかりの顔で呟《つぶや》く。

「初めて見た……。緋緋色鉄《ひひいろてつ》だ……！」

「緋緋色鉄……？　な、なんですか、それ？」

クレヲには目を向けず、まるで剣に話しかけるかのようにグレッグは言う。

「クイーン・グリゼルダ号という船をご存じですか？　クレヲさん」

「えっ……いえ……知らないです」

「何百年も昔に沈没した船なんですけどね、その船が三十年ほど前に引き上げられたんですよ。貴族の船で、いわゆるお宝がたくさん積んであったのですが、その多くは海水に腐食されてゴミ同然になっていました」

もちろん、歴史的価値は充分にあったでしょうけどね——と補足し、さらに続ける。

「そんな中で、まるで昨日作られたばかりのように輝く一振りの剣が見つかりました。金でもないのに、これっぽっちの錆《さび》もなかったそうです。それが緋緋色鉄の剣でした。クレヲさん、この剣は、いつからグラント家にあったんですか？」

「えっ？　いや……わかりません……」

「もしかしたらこれは、そのときの剣かもしれませんね。それくらい緋緋色鉄《ひひいろてつ》というのは希少な金属なんです。そしてもう一つの特徴がこれ——」

剣はまだ皓々《こうこう》と、透き通る刃先の内側から光を放っている。

「炎を吸収して輝くんです。緋緋色鉄を鍛えるには、目が潰《つぶ》れそうになるほど輝くまで加熱しなければならないので、鍛冶《かじ》職人は目隠しをして剣を打つ技術が必要なんです。そんなことができるのは、世界でも数人しかいないそうですよ」

剣の光は、それを見つめるグレッグの瞳にも宿った。彼の瞳は虚《うつ》ろに輝き、なにかに取り憑《つ》かれたかのように滔々《とうとう》と言葉を続ける。

「それでも、緋緋色鉄で作った剣は折れやすく、あまり実戦向けではないそうです。装飾品として、あるいは魔法使いが護身用に、なんてのが主な使い道だそうですよ。まぁ、そこらの冒険者じゃ、こうやって手に触れることすらできませんが。私は本当に運がいい……」

やがて光は収束し、銀色の鈍い輝きに戻った。グレッグは、花火が燃え尽きてしまったときの子供のような顔をして、寂しげにため息を漏《も》らした。恐る恐る刃先をつついてみる。

「熱くないですね」

熱が全部光になって発散されたのか……？　などと一人で呟《つぶや》く。しばらくして、じっと見つめるクレヲに気づいた。

「……あっ、ああっ！　いや、どうもすいません。ありがとうございました、お返しします」

剣をクレヲに戻すと、ばつが悪そうに視線をさまよわせる。

「さて、それじゃあそろそろ休みますか。交代で火の番をしなけりゃならないんですが……クレヲさん、先に寝てください。二……いや、三時間くらいしたら起こしますから」

なんだか強引に話を打ち切られてしまった。緋緋色鉄についてもう少し話を聞いてみたかったのだが、重たい盾《たて》を肩代わりしてもらったとはいえ、一日中森を歩き続けた疲労は確実に蓄積されていた。これがあと一週間くらい続くのだ。疲れを明日に引きずればグレッグにも迷惑をかけてしまう。クレヲはおとなしく寝る準備に入った。

リュックから寝袋を出そうとしたとき、絵の具の箱が目に入った。

（せめて一枚だけでも描いていきたいな……）

無事に青い薔薇《ばら》を見つけたら、そのあと時間的な余裕が残っていたら、グレッグにお願いして一枚だけ描かせてもらおう。グレッグならきっと快く了承してくれるような気がした。

（絵を描く時間をもらうためにも、明日は今日よりもっと頑張って歩かなきゃな）

ブーツを脱いで、寝袋に入る。

初めての森、初めての味、初めての寝袋。心が高ぶって、なかなか寝つけそうになかった。寝袋ってあったかいなぁなどと思っていると、頰《ほお》が勝手に緩《ゆる》んでしまう。

それでも十分もすると、クレヲはすぅすぅ寝息を立てていた。

グレッグは先ほどの緋緋色鉄《ひひいろてつ》の輝きを思い出してるみたいに遠い目をして、葉や枝の隙間《すきま》からわずかに覗《のぞ》く星の瞬きを見上げていた。


クレヲが寝息を立て始めてからきっかり一時間。

グレッグは焚《た》き火の音にまぎれるように、静かに荷物をまとめる。

寝袋から出ているクレヲの寝顔はなんとも安らかだった。

「あばよ、お坊《ぼっ》ちゃん」

自分にもほとんど聞き取れないような小声で言い残すと、懐から魔法のコンパスを出し、その指し示す方向を確認する。よし。だが問題が一つ残っている。

（幻ともいわれる緋緋色鉄の剣。おそらくもう二度とお目にかかれない逸品だろう。頂戴《ちょうだい》するべきか、置いていくべきか。……どうする？）

グレッグの物欲は激しく疼《うず》いていた。欲しい。自分のものにしたい。あるいは、売って大金を得ることもできる。しかし彼は結局諦《あきら》めた。足がつくものを持ち帰るのは危険だからだ。

（エルカダの町で待っていれば、あの後妻の奥さまの使い――マーカスとかいったな――が成功報酬を持ってやってくる。五十万ゲルだ。それで充分さ）

いずれ手にする大金に思いを馳《は》せ、ニヤリと笑みを浮かべながら茂みの陰に飛び込む。

しばらくして、獣の咆哮《ほうこう》のような悲鳴が森の静寂を引き裂いた。

だがすぐに草木がそよ風に揺られる音しかしなくなった。

5

6

まるで物置で埃《ほこり》をかぶっている油絵のようにくすんだ色の世界。

幼い顔立ちのクレヲが、庭の花壇の前に座り込んでスケッチをしていた。

ようやく絵を描くことが許された。いや、絵を描いても誰もクレヲを叱《しか》らなくなった。鞭《むち》もなくなった。

嬉《うれ》しいはずなのに楽しくない。ブランクが長かったせいか、全然思いどおりに描けない。

（くそっ……！）

鉛筆を手のひらに握りしめて、画用紙に滅茶苦茶な線をぐりぐりと殴り書きした。自分でも持て余すほどの負の感情を表現したみたいに、画用紙はみるみる黒く塗り潰《つぶ》されていった。

そのとき、不意に後ろから声をかけられる。よく知っている声だ。

「坊《ぼっ》ちゃんが絵を描いてるのを見るのは久しぶりだ。やっとお許しが出たんですかィ？」

クレヲは上半身だけひねって振り返る。そこには――


クレヲははっと目を開ける。

視界の先では、木のお化けが人を驚かそうとしているみたいに枝を伸ばして夜空を覆《おお》っていた。どこだ、ここ？

（……そうだ、〝青い薔薇《ばら》の試練〟の最中だったんだ）

やれやれとため息をつく。

（どれくらい寝てたのかな。三時間経ったら起こすって、グレッグさん言ってたけど……）

寝返りを打つようにして、グレッグのほうを見る――が、彼の姿はなかった。

あれ？　と、体の向きを変えて逆の方向を見る。しかしこっちにもいない。

寝袋のチャックを開けて体を起こす。ぐるっと辺りを見回す。

やはり誰もいない。

少し火の勢いが弱まった焚《た》き火が、ぱちぱちと音を立てているだけだった。

（…………えっ……？）

恐ろしい想像が一瞬脳裏をかすめた。

「……グレッグさん……？」

返事はない。

もう一度、声のボリュームを少し上げて呼んでみた。しかしいくら待っても、焚き火の音と、そよ風が森を駆け抜ける音しかしなかった。

ざわっと不安が込み上げる。

グレッグがいない。どこかへ行ってしまった。

（トイレとか？　いや……そんなわけない）

そこらの茂みで用を足せばいいのだ。返事もできないような場所まで行くわけがない。

（じゃあどうして……いったいどこに行っちゃったんだ……？）

考えても答えは出なかった。〝なにがあろうとあなたの安全をお守りします〟と彼は言ったのだ。どんな理由があれば、クレヲを一人残してどこかに行ってしまうというのだろう。

ここでふと、クレヲは気づいた。

彼の荷物がない。

先ほど脳裏をかすめた想像が再び忍び寄ってきた。瞬く間に、風船のようにどんどんふくらみ、もう見て見ぬふりもできない。

（グレッグさん……どこかへ行っちゃったんじゃなく……帰っちゃったんじゃ……）

胸を突き破らんばかりに心臓がドグンドグンと暴れだす。息が苦しい。ぎゅうっと握った拳の内側から多量の汗が滲《にじ》み出す。

なぜ？　どうして？

クレヲにはわからない。そもそも、冷静に思考を巡らすことができない。

そもそも、今大事なのはそんなことではなかった。

もし本当に、グレッグがもう戻ってこないのなら――

（僕は……たった一人で森から脱出しなければならない……）

そんなことができるだろうか？

7

星座の位置と今の季節を考慮して現在の時間を推測するような知識は持っていなかった。ただ漠然と空を見上げ、夜明けはまだ先だろうと見当をつけるのみ。

一時間ほど待った。時計は持っていないが、おそらく一時間ほど。

しかしいくら待っても、やはりグレッグは戻ってこなかった。

クレヲはまだ夢を見ているような気分で、煙を上げる炎の前に座り込んでいた。

薪《まき》の枝を二本に折って投げ込む。

焚《た》き火は十五センチほどの深さに掘った穴の中で静かに燃えていた。穴の横に、掘ったときの土が盛ってある。

「穴を掘って、その中で火を燃やせば、灰が広がらなくていいんですよ。後始末するときは、掘ったときの土で埋めればいいんです。おまけに串焼きをするとき、火の高さがちょうどよくなって便利なんですよ。まさに一石三鳥ですよねぇ」

グレッグはにこやかにクレヲに説明してくれた。獣を調教するように鞭《むち》を振るい、なにを成し遂げてもにこりともしない家庭教師たちとは大違いだった。

（グレッグさんは……本当に僕を見捨てて帰っちゃったんだろうか……？）

人は、これから裏切ろうとする相手に、ああも親切にできるのだろうか？

クレヲの家、グラント邸にはいろいろな人間がやってくる。彼らはいつも笑顔を絶やさない。しかし十五歳になったクレヲは、その笑顔のほとんどが偽物であることに気づいていた。

グレッグも彼らと同類だったのだろうか。

偽の優しさでクレヲを欺《あざむ》き、心の中で舌を出していたのだろうか。

クレヲには信じられなかった。

大きくため息をつく。

（これから……どうしよう）

もう〝青い薔薇《ばら》の試練〟どころではない。かといって引き返そうにも、グレッグの魔法のコンパスがなければ最寄りの村であるクランベラの方角がわからない。

食料もない。干し肉などの保存食は全部グレッグに持ってもらっていた。

自分の歩いている方向もわからずに森をさまよえば、待っているのはおそらく餓死《がし》だ。

いや、餓死もできないかもしれない。

たとえば、もし今焚《た》き火が消えてしまったら、その瞬間、待っていましたとばかりに飢えた獣が襲いかかってくるかもしれないのだ。

闇《やみ》の中からなにかに監視されているような感覚。マーカスのあの言葉が、思い出したくもないのにまた蘇《よみがえ》ってくる。

『青い薔薇《ばら》の生えている森では、危険な魔獣に遭遇する可能性があります』

魔獣——！

クレヲの剣は希少な名剣らしいが、持ち主がずぶの素人《しろうと》では意味がない。

思わず、生きたまま食われる自分の姿を想像してしまい、体の内側が凍りついた。

母が病死してから、クレヲは人生を投げていた。どうせ自分も長生きできないんだ、と。

しかし、だからといって、生きながら生皮を剝《む》かれ、ブチブチと肉を食いちぎられ、信じられぬほどの激痛を最期の一瞬まで味わっても構わないというわけではない。

ならばいっそ——と、傍《かたわ》らにあった緋緋色鉄《ひひいろてつ》の剣を鞘《さや》から抜いて喉元に押し当てる。切っ先が肌にちくりと食い込む。

その瞬間、〝自分は今、死にかけている〟という実感が頭の中で爆発した。生と死という相反する状態が、ほんの数センチでいともあっさり入れ替わるのだ。腕がぶるぶると震《ふる》え、本当に突き刺してしまいそうな気がした。

本当に突き刺したらどうなる？

大量に血が噴き出す。痛くないわけがない。呼吸もできなくなる。苦しくないわけがない。

地獄のような苦痛にのたうち回るだろう。息絶えるそのときまで。

「……うわあァアッ！」

まるで手に絡みついた蛇を払い落とすかのように緋緋色鉄の剣を放り投げた。

背骨の辺りに、気持ちの悪い違和感がじわじわと広がる。震えの止まらない両腕を抱きかかえて、倒れるようにうずくまった。

（嫌《いや》だ……こんな死に方はしたくない……！）

涙が地面にこぼれ落ちた。


そして一睡も許されない夜が明けた。

朝日の届かない森の中はまだ薄暗い。しかしもう、なにかが息をひそめているような闇はなくなった。草木の陰にほのかな温かみすら感じる。

焚き火はぎりぎりで持ちこたえてくれた。チカチカと赤く光る燃え残りを、クレヲは充血した瞳でじっと見つめていた。

疲労と睡魔で頭は多少朦朧《もうろう》としている。それでもなんとか答えは出た。決意も固まった。

歩いて、行こう――と。

まっすぐにさえ歩けば、必ず森の外に出られるはずなのだ。一日でここまで歩いてきたのだから、運がよければ一日で森の外までたどり着けるかもしれない。

それが簡単なことではないことはクレヲにもわかっている。しかし、できるわけがないと諦《あきら》めてここでじっとしていても、楽な死に方はできないだろう。それが恐ろしいから、クレヲは闇雲にでも前に進むことにしたのだ。

とにかく、決めた以上は早いほうがいい。日があるうちに歩けるところまで歩かないと、今夜はもう焚《た》き火はできないのだ。マッチはグレッグと一緒になくなってしまった。

水筒を振って、残った水の量を確認し、一口だけ喉《のど》を潤す。

焚き火の燃えかすに土をかぶせて、リュックを背負った。

8

決意の出発から数時間。おそらくは正午を少し過ぎた頃。

まっすぐに歩く――ということは思った以上に困難だった。

どれだけ茂みが重なっていようが突っ込んでいかなければならない。ほとんど崖《がけ》のような急斜面を、草木にしがみつきながらちょっとずつ慎重に滑り降りる。当然、その間も方向を見失わないように、何度も〝まっすぐ〟を確認する。

進むスピードはおそらく昨日の半分以下だろう。それでも気力、体力は著しく消費されていく。寝不足状態で挑むにはきつすぎる強行軍だった。ガチャガチャと太ももにぶつかる緋緋色《ひひいろ》鉄《てつ》の剣がだんだん疎《うと》ましくなり、我慢できずにリュックの中に突っ込んだ。

次第に息が切れ、足が重くなってくると、

（本当にまっすぐ歩けているのかな……？）

という不安がもやもやと広がってくる。今朝の決意が早くも揺らぎだした。

さらに空腹が精神の衰弱に拍車をかけた。昨晩食べた赤森林蟹《アカシンリンガニ》のことばかり考えながら足を引きずって歩いていく。見渡す限り木で埋め尽くされているのに、実をつけている木はなぜか一本も見当たらない。果実のなっている木をあえて避けるようなルートをわざわざ選んでしまったんじゃないか？　という疑念すら湧いてくる。

（このままなにも食べないで、あと何時間歩けるだろう……）

ぼんやりとだが、体力の限界が見えてきた。

死にたくないから歩いているのに、歩けば歩くほど死に近づいているような矛盾《むじゅん》じみた行為。いっそ、歩き疲れて気を失っている間に肉食獣がぺろりと平らげてくれたら楽なんじゃないか――などと考えている自分に気づき、精神的にも限界が近づいていることを知る。

神でも悪魔でも、なんならマーカスでもいい。クレヲは救いを求め、心の中で乞《こ》い願った。

しかし、

(もし今ここにマーカスがいたとしても、彼が僕を助けてくれるわけないか……)

そう思うと、腹の底から自虐的《じぎゃくてき》な笑いが込み上げてきた。

「ふっ……はは っ……くははは っ……」

笑いはいつまでも止まらなかった。なにがおかしいのかわからなくなってきても、クレヲは笑い続けた。きっと自分はどうかしてしまったんだと思った。しばらくしてようやく笑いが収まった頃には、目から大粒の涙がこぼれていた。

膝《ひざ》がかくんと折れて地面に崩れる。クレヲはいつの間にかしゃくり上げていた。

(誰か……誰か……ッ)

「たすけて……」声が聞こえた。

クレヲの震《ふる》える呼吸がぴたっと止まる。

濡《ぬ》れた瞳が大きく見開かれた。

最初、心の声を無意識に口に出してしまったのかと思った。たった今、自分の耳に飛び込んできたかすかな声を、もう一度頭の中で反芻《はんすう》してみる。しかしどう考えても、十五年間聞き続けた自分の声ではない。

はっとして辺りを見回す。

誰も、なにもいない。

気のせいかと思った。あるいは鳥かなにかの鳴き声かも、と。そういえば歩いている途中、木のてっぺん辺りに猿のような生き物がいて、クレヲのことをじーっと見ていた。それら森の生き物の鳴き声を、人の言葉と聞き違えてしまったのだろうか。

しばらくじっと待って様子をうかがったが、なにも起こらない。やはり自分の勘違いだったのだろうと納得しかけたとき、

「たすけて……」

かすかに、だが確かに聞こえた。間違いなく人の声だ。しかも声の感じからすると、

（女の子……？　どうして……）

魔獣が徘徊《はいかい》する森にいる少女。違和感を覚えずにはいられなかった。しかし冒険者の中には若い女性も少なくないという。ゆえに、あり得ない話ではない。

クレヲは全神経を耳に集中させた。己の呼吸すら殺してじっと待っていると、

「だれか、たすけて……」

今度は声のする方角も確認できた。急いで立ち上がり、足早に向かう。

クレヲの胸にふくらんだ希望が、力強く背中をプッシュする。さっきまでくたくただったのが嘘《うそ》のように足が動く。猛然と茂みをかき分ける。

（少女だろうがごつい女剣士だろうが、森にいるってことは、魔法のコンパスを持ってる可能性が高いってことだ）

それになにより、人がいれば独りぼっちの不安から解放される。たとえ魔法のコンパスを持っていなかったとしても、励まし合い、協力し合う仲間がいれば、それだけで生きて帰れる可能性が高くなる気がした。

「おねがい、だれかたすけて……」

今度はかなりはっきりと聞こえた。近い。

前方の茂みの奥に明るい場所が見える。きっとあそこだ！　と、全力で駆けだしたそのときだった。踏みつけた草むらの下に小動物の死骸《しがい》が落ちていて、クレヲの足がずるりと滑る。

あっと思ったときには体が浮いていた。

悲鳴と一緒に転がりながら茂みを突き破ると、そこはちょっとした広場だった。真夏の午後の日差しが遮《さえぎ》られることなく地面に降り注いでいる。

「いったぁー……ててて」

幸い、リュックに入っていた寝袋がクッションになってくれたおかげで、すり傷程度ですんだ。が、頭の中はまだぐるぐる渦巻いている。

クレヲはよろよろと体を起こして周囲を見渡した。

しかし誰もいなかった。

（あれ……ここじゃなかったのか……？）

しばらく待ってみたが、もうさっきの声は聞こえなかった。

「おーい、誰かいませんかぁー」

呼びかけてみるが返事はない。

（そんな、まさか……）

声は確かにこの辺りから聞こえてきたのだ。

（まさか……幻聴……？）

愕然《がくぜん》とする。極限状態に追い詰められた精神が、ありもしない希望をでっち上げたのだろうか。膝《ひざ》ががくがくと震《ふる》え、背中のリュックの重みに耐えきれなくなった。クレヲは地面に尻餅《しりもち》をつくと、がっくりとうなだれた。

後頭部を、太陽光線がじりじりと焼く。

「…………あっ！」

クレヲは顔を上げ、慌てて視界を巡らせた。

あれだけ神経をすり減らしながら、一生懸命に歩いてきた〝まっすぐ〟の方向を見失ってしまったことに気づいたのだ。頭から血の気がさーっと引いていく。

（何時間も歩いた距離がパァ……。また一からやり直しだ）

心の中が黒い絶望感にどんどん濁っていく。

自分はもう助からないんじゃ……と。

「………いいや！　違う！　ここで諦《あきら》めちゃうからダメなんだっ！」

クレヲは頭を滅茶苦茶に振り回した。

諦めてどうする？　魔獣の餌《えさ》になる運命を受け入れるのか？

「嫌《いや》だ！　冗談じゃない！」

力の抜けた両脚を何度も叩《たた》いて活《かつ》を入れた。気合一閃《いっせん》、立ち上がる。

最初に声が聞こえた場所まで、踏まれた草や折れた枝などをたどっていけば、なんとか戻れるはず。あとは記憶を頼りに、さっきと同じ風景——木や草の形、配置——を探し出す。そうすれば、どっちから歩いてきたのか、どっちへ歩こうとしていたのかがわかるはずだ。

「誰もいないんですねーっ！」

最後にもう一度、呼びかけてみる。返事なし。

よし！　さっき自分が突き破ったであろう、枝がボロボロの茂みに向かって歩きだした。

そのときだった。

足首になにかが触れた感触があった。

おや？　と目を向けようとしたその刹那《せつな》、天と地がひっくり返った。

あまりに一瞬の出来事に、クレヲはしばし呆然《ぼうぜん》とした。頭のすぐ上に、天井みたいに地面がある。太陽が足下のほうから照りつける。真っ逆さまの景色はまるで異世界のようだった。

徐々に理性が戻ってくると、足になにかが絡みついていて、それが自分を逆さ吊りにしているのだと、ようやく理解できた。

（なに……これ……）

ガサッという音がした。太い幹を持つ木と下草の陰で、なにかが動いた。そしてゆっくりとこちらに向かってくる。

（………え……？）

なにかは下草を踏みつけながら、真っ黒い泥沼の底から浮かび上がってくるみたいに、太陽の光の下へぬぅーっと姿を現す。

それは、あらわな肌をさらす少女だった。

彼女の背中から、触手のようななにかが何本も垂れて、先端が不気味に蠢《うごめ》いている。そのうちの一本が前に伸び、クレヲの足をつかんでいた。

少女はにっこりと笑う。

「来てくれてありがとう」

さっき聞こえた声だった。クレヲの脳裏に――これで何度目か――あの言葉が響く。

『青い薔薇《ばら》の生えている森では、危険な魔獣に遭遇する可能性があります』

少女が、赤黒い舌を出してぺろりと舌舐《したな》めずりした。

人喰い花

1

うくっ、うくくくっ……うくくふふっ……。

笑い声に合わせて少女の薄い肩が小刻みに震《ふる》える。

慎《つつし》みや恥じらいといった言葉の意味も知らぬ幼子《おさなご》のように、少女は無邪気というか開けっ広げに笑った。しかしクレヲには、それは悪魔の笑い声に聞こえた。

その顔も、その手も、その足も、一見するとただの少女だった。だが、人間でないのは明らかである。人間には触手は生えていない。

少女が触手をぐっと引き寄せ、二人の顔は二十センチほどの距離まで接近する。

生まれてから一度も切ったことがなさそうな伸び放題のざんばら髪、その奥からくりっとした大きな吊り目が、好奇心いっぱいの子猫のようにじーっとクレヲの顔を覗《のぞ》き込んできた。ただでさえ人の視線が苦手なクレヲは、彼女の眼差《まなざ》しから逃《のが》れるように目をそらした。

彼女の喉《のど》がまた、うくくっと鳴り、小さく可愛《かわい》らしい口が動く。

「こんなに早く、また人間を捕まえられるなんて珍しいことよねぇ。ねぇ、こういうのを〝ついてる〟って言うんだっけ？」

「……は、はい？」

　突然の質問に戸惑うクレヲ。すると少女は目をぱちくりさせ、

「え、なぁに？　なんか言った？」

　きょとんとした顔でクレヲを見つめた。相手の心がつかめずクレヲは混乱した。

「あ……あの……あなたは……」なんとか意思の疎通を図ろうと、懸命に会話を試みる。しかし少女は、小さな口を大きく開いてこう言った。

「じゃ、いただきまーす」

　開いた彼女の口内がクレヲの視界に飛び込んだ。赤黒い粘膜の中で鋭く尖《とが》った犬歯がヌラヌラと光っていた。

「あっ……うわっ……まっ、待っててっ！」

〝いただきます〟の意味を理解したクレヲは体を滅茶苦茶に揺さぶって抵抗した。しかし第二、第三の触手が伸びて、クレヲの体を情け容赦なく拘束《こうそく》する。

「あ、ごめんね～。先にとどめを刺すの忘れてたわ。生きてるままじゃ痛いもんね？」

　少女はやはり笑っていた。笑いながら透き通るような白い手をクレヲの喉に絡め、ぐっと力を込める。首の骨を折るような豪腕ではなかったが、頸《けい》動脈を的確にせき止められて意識が白く溶けていく。

「……待って……助け……なんでも……」

なんでもするから助けてください――と言ったつもりだった。だが、それが自分の口から発せられたのか、それとも頭の中で響いただけだったのか、クレヲにはもうわからなかった。

わずかに残った最後の理性で考える。今自分は、痛みも苦しみもない、ある意味、安らかな死を迎えようとしている。食べられるのはそのあとだから、生きたまま肉食獣に食い散らかされるよりは遥《はる》かに楽な死に方だろう。

しかし、それでも抵抗し、命乞《いのちご》いする自分がいた。

剣で喉を突き刺すのは嫌《いや》だった。生きたまま獣の餌になるのも嫌だった。

でも、苦痛がなくてもやっぱり嫌だ。

（なーんだ……結局僕は生きたかったんだ……）

薄れゆく意識で自嘲《じちょう》した。

今さら自分の本心に気づいたところでもう遅いのだ。脳裏にぼんやりと、次第にはっきりと、懐《なつ》かしい人の顔が浮かんできた。母だ。そしてもう一人。昨日の夢にも出てきた……。

「ねぇ、なんでもって、本当になんでも？」

突如、頭の中の霧がさっと晴れ、懐かしい故人の顔も一緒にかき消された。気がつくと例の少女が、くっつきそうなくらいに顔を近づけてクレヲの瞳を覗《のぞ》き込んでいた。

「…………え……？」

「だから～、本っ当～になんでもしてくれるのね？」

少女の指はクレヲの首から離れていた。

覚醒《かくせい》しきっていない頭では、現状を理解するのに少し時間がかかった。

（僕……まだ、生きてる……？）

2

クレヲは地面に下ろされた。しかし足首にはまだ魔獣の触手ががっちりと絡みついている。

「考えたらアタシ、今なにがなんでも人間が食べたい！　って気分でもないのよねぇ」

地べたにへたっているクレヲに、少女は視線を走らせる。頭のてっぺんから爪先まで。

「それにあなたはあんまり美味《おい》しそうじゃないし」

クレヲは引きつった愛想笑いを浮かべた。食べられずにすむならなんでもいいはずだが、それでも不味《まず》そうと言われると、ちょっぴりショックだった。

なんにしよっかな～と、少女は腕を組んで考えだす。誕生日のプレゼントを選ぶ子供のように、にこにこニヤニヤしながら首をひねる。クレヲは逆さ吊りにされたせいか、それとも首を絞められたせいか、じんじんと疼《うず》く頭を叩《たた》いて、脳裏に残った靄《もや》を追い払う。やがて現状を把握しようという冷静さが戻ってきた。

クレヲの足に絡みついている触手は、植物の蔓《つる》のようなものだった。彼女の背中からいくらでも伸びてくるようで、長さは自在なのだろう。クレヲの体を軽々と持ち上げていたところをみると、それなりの力と強度を持ち合わせていると思われる。

そして問題の少女だが――ぱっと見て、三つのことがクレヲの注意を引いた。

一つは頭の上に乗っかっている花だ。薔薇《ばら》に似ているが、クレヲが今までに見たことのないような花だった。頭とほとんど同じくらいの大きさで、首が動くたびにゆさゆさと山吹色の花弁が揺れ動く。

もう一つは、今の季節の森に溶け込むような、鮮やかな緑色の髪だった。真夏の日光を反射して瑞々《みずみず》しく輝いている。

しかし一番気になるのは、それは彼女が裸だということだった。

見た感じ、年はクレヲと同じか、やや下くらいといったところ。年相応に――魔獣に人間の基準を当てはめても無意味かもしれないが――ふくらむべきところがちゃんとふくらんでいる。クレヲは顔を真っ赤にして、さっとうつむいた。

「あっ」という少女の声。彼女の胸元に目が行ってしまったのがばれたかと思い、ビクッと体が震《ふる》える。しかし、

「うん、決まった！」

晴れ晴れとした顔で少女は手を叩《たた》いた。どうやらクレヲの視線にはまるで気づいてなかった

らしい。とりあえずほっとするが、しかし顔は上げられない。上げればまた見てしまう。

「ねぇ、決まったわ！」

「あ……はい」

「……？」

少女は首をかしげる。

クレヲはうつむいたまま。

「ねぇ……決まったのよ？」

「はい、なんでしょう……」

「…………」

「…………」

気まずい空気が流れだし、よけい顔を上げづらくなってしまった。自分の心臓がバクバク鳴る音を聞きながら、足下に生えている名も知らぬ草に虚《うつ》ろな視線を送り続けると。

突然、クレヲの頭に例の蔓が絡みつき、ぐいっと上を向かせられた。

少女と目が合う。髪の毛同様、瞳も緑色だった。怪訝《けげん》な顔で睨《にら》みながら見下ろしてくる。当然、彼女の胸元も視界に入ってしまう。

「ねぇ、決まったんだったらっ！」

「はっ、はいぃ……！　なにをすればいいんですか……」

　クレヲはほとんど泣きそうになりながら、それでも目線をそらして最後まで抵抗した。内気な思春期少年のデリケートな心理など理解できず、少女はまた首をかしげる。

「変なの」そして「まぁいいわ」と呟《つぶや》き本題に入った。

　蔓《つる》がクレヲの顔をさらに上に向ける。

「見て。木の上。いるでしょ？」

「え……？」

　クレヲはじっと目を凝らす。てっぺんのほうになにかいるような気がしないでもないが、重なる木の葉と枝に視線を散らされてはっきりしない。さらに頑張っていると、キキッという鳴き声と共になにかが動いた。

「今のは……猿ですか？」

「そうそう、猿っ」少女は嬉《うれ》しそうに頷《うなず》いた。「あいつらねぇ、気がつくとあやってこっちのことじーっと見てるのよ。うっとうしいんだけど、いつも木のてっぺんにいるし、すばしっこいしで、なかなか捕まえられないの」

「……はぁ」

「だからね、あいつらを捕まえてほしいの。一度食べてみたかったんだ。とりあえず一匹でいいから」

「はぁ……えっ？」

顔に絡みついていた蔓が解かれてやっと自由になる。クレヲは少女の顔をちらりと見た。未知なる猿の味を想像し、期待に胸いっぱいという感じの笑みを浮かべていた。

もう一度、猿がいたと思われるあたりに目をやる。地上からは十五、六メートルくらいの高さだろうか。

（うちの屋敷とどっちが大きいだろう。上のほう、枝……細いなぁ）

生まれてこのかた、クレヲは木登りをしたことがなかった。初めてであんな高いところまで登り、すばしっこい猿と追いかけっこをする、そんなことができるだろうか？

（そんなの……できっこないっ）

運がよければもしかしたら、という気にもなれなかった。たとえクレヲが百人いて一斉に捕まえようとしたとしても、おそらく不可能に違いない。猿を捕まえるより先に、百の落下死体が地上を埋め尽くすことだろう。

どう考えてもできそうにないことを引き受けるわけにはいかなかった。〝早く早くっ〟と、急《せ》かすように微笑《ほほえ》む少女へ、もごもごと伝える。

「すいません……無理です」

少女は目を丸くした。

「無理って……できないってこと？」

クレヲが申し訳なさそうに頷《うなず》くと、ぽかんと口を開けていた少女の顔が、突然の夕立のように一変した。

「どうしてっ？　さっき、なんでもするって言ったじゃない！」

足を縛《しば》る蔓《つる》にぎゅうっと力がこもる。彼女の怒りを知り、クレヲは心の中で悲鳴を上げる。

「ご、ごめんなさい。あれは、僕にできることならなんでもっていう意味でして……」

流れるような動作で土下座していた。

「なによそれ、そんなの聞いてないッ」

苛立《いらだ》たしげに吐き捨てる声が雷のごとく落ちてくる。クレヲは青臭い芝草に顔を埋《うず》めて、ごめんなさいごめんなさいと繰り返した。冷や汗が滴《したた》り、朝露のように葉を濡《ぬ》らす。

空からは夏の太陽が容赦なく照りつけた。二種類の汗がどっと噴き出す。じっとり濡れたクレヲの体を、梢《こずえ》の揺れる音と共に現れた涼風がすうっと冷やして去っていった。しばらくすると同じような風がまた一陣。ぞくぞくと寒気が募る。

その間、少女はずっと無言のままだった。

一秒ごとに、背中にのしかかる沈黙の圧力が増していく。

もう限界。「わ、わかりました。猿、捕まえます！」とクレヲが口走ってしまう寸前――、

「……じゃあ、なんならできるの？」と少女が言った。

「えっ……」

恐る恐る顔を上げると、少女の冷たく厳しい眼差《まなざ》しがクレヲを見下ろしていた。

「あなた、いったいなにができるの？」

〝もしそれがつまらないことなら、今すぐ殺して食べるから〟という目だった。

（僕は……なにができる……？）

自らに問う。

生半可なことでは彼女は許してくれないだろう。

ふと閃《ひらめ》くものがあった。

「あの、参考までに訊《き》かせていただきたいんですけど……剣とかに興味ありますか？」

少女の眉《まゆ》がピクッと痙攣《けいれん》した。

「剣って、あの切るものでしょ……。それがなに？」

「いや、つまりその……好きか嫌いかで分けたら、どっちのほうでしょうか？」

「大ッ嫌いよ!!」

少女の怒声に大気が震《ふる》えた。

「見てよこれッ。すっごく痛かったんだから！　剣も、剣を持ってる人間も大嫌い！　見るだけで腹立つわッ！」

火を噴くような勢いでわめき、左の二の腕を前に出して、「ここ、ここ！」と指差す。見ると確かに、ようやく塞《ふさ》がったばかりのような傷痕《きずあと》が生々しく刻まれていた。

少女は唇を尖《とが》らせ、さらりと恐ろしいことを呟《つぶや》く。

「あんまり頭きたから、とどめ刺さないで食べてやったわ」

クレヲは頰《ほお》を引きつらせながら、リュックの口からわずかにはみ出した緋緋色鉄《ひひいろてつ》の剣の柄頭を、後ろ手でぐいっと押し込んだ。幸い、少女は思い出した怒りに夢中で、クレヲの怪しい身動きに気がつかない。

もしかしたら、世にもまれだという緋緋色鉄の剣を差し出すことで許してもらえないだろうかと思ったのだが、それは間違いなく駄目のようだ。だとすればもう考えることはない。今のクレヲにできることは、たった一つしか残されていなかった。

「あの……じゃあ……絵を描きます」

胸を張れるほど自信があるわけではない。

それでもこの数年間、絵はクレヲにとってすべてだった。これが駄目なら、クレヲにできることなど何一つない。

腕組みして鼻息を荒らげる少女が、クレヲの言葉にふっと我に返った。

「……えを、かきます……？」

じっと、クレヲを見る。

その眉間《みけん》には深い溝が刻まれていた。

険しい視線がクレヲを射貫《いぬ》く。

ダメか、と思った。しかし、

「絵って……なに？」

それが少女の眉間に刻まれた溝の理由だった。

「えっ？　……あの、絵を知らないんですか？」

ぶんぶんぶんと長い髪を振り乱して少女は否定する。「うん、知らない」

絵を知らない相手にどう説明すればいいのだろうか。クレヲは頭を悩ませるが、考えるまでもないとすぐに気づいた。

「ちょ……ちょっと、待ってくださいっ」

右手で少女の求知心をしばし制し、リュックから画材一式を取り出す。もちろん緋緋色鉄の剣が見つからないように体で隠しながら、だ。

（ええっと……これでいいか）

足下でゆらゆら揺れている花に目をつけた。名前は知らないが関係ない。

スケッチブックをめくり、猛然と鉛筆を走らせる。いったいなにが始まったのかと、魔獣の少女は興味津々《きょうみしんしん》の目でクレヲを見下ろす。

画用紙に、単純な図形を組み合わせて大まかな当たりを描き、構図を決めた。

葉の形、花弁の数、明るいところ、暗いところ――観察しては少しずつ線を増やし、また削除する。クレヲの右腕はよどみなく動き、絵はさらに精密さを増していく。

五分ほどで、一応それらしいスケッチが出来上がった。本当はもっと手をかけたかったが、あまり待たせて少女の興味が萎《な》えてしまっては元も子もない。

おずおずとスケッチブックを差し出す。「えっと……これが絵です」

絵を知らない者に説明するには、絵を見せるのが一番に決まっていた。

少女は無言でそれを受け取った。

彼女の反応を見るのが怖くて、クレヲはうつむいてじっと待つ。

沈黙。

少女はなにも言わない。

座り込んで、絵と実物を何度も見比べる。

「すっ……」

瞳が大きく見開かれ、そして少女は叫んだ。

「すごぉい！　おんなじ！　これ、その花と同じだわ！」

絵をぺたぺた触る。スケッチブックのページをめくり返してみる。

「こんなぺらぺらなのに厚みがあるみたい。不思議！　面白～い！」

絵を高く掲げて夏の日差しに照らしてみる。くるくる回して、いろいろな角度から眺めてみる。キャッキャッと、鈴のようにころころ笑う。

思いのほか気に入ってもらえたみたいで、クレヲはほっと安堵《あんど》のため息をついた。安心すると今度は、自分の絵がこんなにも喜んでもらえたという感動で体が熱くなった。そして、ちょっと照れ臭い。

少女はスケッチブックを胸に抱《かか》え、輝く眼差《まなざ》しでクレヲを見つめる。

「ね、ね、これ、アタシにちょうだいっ。ねっ？」

小首をかしげる仕草が、魔獣であることを忘れてしまいそうになるほど愛らしい。

クレヲの頬《ほお》に、じわっと熱を帯びる感覚が広がった。

「あっ、あのっ……そ、その絵は差し上げます。で、もしよかったらですけど、あなたの絵もお描きしましょうか……？」

「え、アタシっ？　アタシも……こんなふうに？」

絵と自分を交互に指す少女に、クレヲは頷《うなず》いてみせる。

少女の体が歓喜に身震いした。

「うん、やって！　アタシも、えっと——描いてッ！」

こくこく、こくこくと首を振る。頭の花もゆさゆさ揺れる。

背中から伸びる蔓《つる》が、期待に打ち震《ふる》えるようにわきわきと蠢《うごめ》いた。

3

シャーッ、シャッ、シャッ。

画用紙の上を鉛筆が軽快に滑る。

その音がピタリと止まった。クレヲは苦悩に満ちたため息をこぼす。

足には未《いま》だ少女の蔓《つる》が絡みついたまま。しかし、今のクレヲにとって、それはどうでもいいことだった。悩みの種は、描きかけの絵の中にある。

(どうして僕は……あなたをお描きしましょうか、なんて言っちゃったんだろう……)

風景でもよかったのに。あるいは森の動物でも。クレヲは、自分が持っている図鑑に載っていた生き物なら、ひととおり描ける自信があった。

画用紙はだいぶ線で埋め尽くされている。芝草にぺたんと腰を下ろした少女と、ラフに描かれた背景の木々、茂み。しかし彼女の上半身は、未だ大雑把《おおざっぱ》なまま、精密な描き込みを後回しにしていた。

(描くためには見なきゃいけない。だから見なきゃいけない……)

(描くために見るんだ。いやらしい気持ちとか、そういうのでは決して……)

繰り返される自己弁護。

クレヲは決意を固めて、そろそろと顔を上げる。

少女の細い腰、白く輝くお腹、そして――少しずつ視界に入ってくる。初めて裸婦画を見たときの何倍もドキドキする。

顎《あご》の下まで伸びた長い前髪、人を喰《く》らうとは思えない小さな口、そして無垢《むく》に微笑《ほほえ》む彼女と目が合う。慌てて顔を伏せる。

少女の目が不思議そうに丸くなった。

「ねぇ、あなた顔が急に真っ赤になったんだけど、どうかしたの？」

「えっ……なっ、なっ、なっ、なっ、なんでもないですっ」

クレヲは裏返った声で返事をし、少女はますます首をかしげた。

とにかく描かねば終わらない。右手の震《ふる》えを必死に抑え、初めての女性の裸体に挑んだ。

少し描いては鉛筆が止まる。増えすぎた線を消しゴムで削《そ》ぎ落として、また線を重ねる。昔、噴水に立つ女神像を写生したことがあったので、その経験を思い出しつつ、思ったよりかはいい感じに描けている。

しかし問題は――やはり胸だった。

赤面しながらも観察し、そのとおりに描こうとするのだが、どうもうまくいかない。なだらかな上部、厚みを感じさせる側面、重力の影響を受けながらも張りのある下部、それぞれのパーツがシームレスにつながり合い、複雑な曲線を描く。それを紙の上に再現することは想像以上に困難な作業だった。

線を引き、消して、また線を引く。

うまく描けたような気がしても、よく見るとどこか違う。以前裸婦画を見たときのような胸の高鳴りがない。見てはいけないと思いつつも、つい見てしまいたくなるような引力がこの線にはない。

（こうじゃない。これじゃダメなんだ）

消しては描く、それを繰り返す。

クレヲは気づいてなかったが、彼の顔はもう赤く染まっていなかった。

臆面《おくめん》もなく少女の胸に視線を向ける。照れも恥ずかしさも忘れ、ただ目の前の美しいものをあるがままに描き写したいという、絵描きのシンプルな情熱だけが彼を支配していた。


一方、少女もクレヲを見つめていた。彼の急激な変化を不思議に思う。

ついさっきまで、おどおどと視線を泳がせていたのが嘘《うそ》みたいだ。まるで別人である。

記憶を掘り返し、かつて捕食してきた人間たちの顔を思い浮かべる。

ある者は、恐怖に歪《ゆが》んだ顔で泣きながら命乞《いのちご》いをしてきた。

ある者は、すでに勝利を確信したかのようにニヤリと笑った。

ある者は、「よくも仲間をッ！」と叫んで、怒りに燃える瞳で少女を睨《にら》んだ。

クレヲの眼差《まなざ》しは、そのどれとも違う。

こんなにも真剣に、しかし敵意はまったくこもってなく、それでいて力強い——そんな目で見られたのは初めてのことだった。

心の奥で、今まで経験したことのない感情がほのかに疼《うず》き、少女を戸惑わせる。

彼の視線を受けた部分がむずむずとこそばゆい。

その部分を指先でかいて、そっと呟《つぶや》く。

「ねぇ、なんだか変な気分なんだけど……なんなの、これ？」

すると少女の頭の中で声が響いた。

『変な気分ってどんな感じ？　気持ち悪いの？』

少女は小首をかしげる。「……よくわからないけど、気持ち悪くはないわ」

『そう……。体の具合が悪いわけじゃなさそうね。だったら私にはわからないわ。私が知っているのは、あなたが生きていくのに必要なことだけだから』

その声は、少女にいろいろなことを教えてくれる〝声〟だった。言葉を使って人間をおびき寄せる方法、毒を持った危険な生き物のこと、厳しい冬の越し方。〝声〟に従っていれば少女はなんの問題もなく生きていけた。

その〝声〟がわからないと言うのだから、自分にわかるわけがない。少女は諦《あきら》めて、鎖骨の下辺りをまたこっそりとかいた。

（それにしても……あとどれくらいで出来上がるのかしら）

込み上げるあくびを口の中で嚙《か》み殺す。思いっきり伸びがしたかったが、絵を描き始める前に少年が「できれば、あまり動かないでくださいね」と言っていたので、ぐっと我慢した。

夏の日差しは昼を過ぎてもまるで衰える様子がない。人間には若干不快に感じる暑さだが、魔獣である少女にとってはちょうどよい暖かさだった。

自然と、少女の首が前後に揺れる。

(動かないでとは言われたけど、寝るのはどうなのかしら……)

こくりこくりと船を漕《こ》ぐ。

遠くで、鳥が木から羽ばたく音が聞こえたような気がした。それを最後に――。

4

クレヲが絵を描き始めてからどれくらい時間が経ったろう。気がつくと、空気が少しだけ涼しくなっていた。

周りの変化に気づくようになったのは、集中力が途切れてきたせいでもある。さらに、風邪でも引いたみたいに頭が熱を帯びて、全身を倦怠感《けんたいかん》が包み込む。思えば昨日の夜から、ろくな睡眠、食事を取っていない。

クレヲは固く目を閉じ、まぶたの上からぐりぐりと指で揉《も》みほぐした。残された気力を振り絞って筆を運ぶ。

絵全体を視界に収めて、画用紙の隅から隅までを丹念にチェックする。光にかざして、裏側から透かしてみる。問題なし。

(よし……完成だ!)

ぐぐっと伸びをする。背筋に広がる心地よさに達成感を覚えた。

(さてと……この子、まだ起きないのかな)

後片づけをしながら見上げると、少女はすぴー、すぴー、と鼻を鳴らして、座った姿勢のまま
うたた寝をしている。起きる気配はまるでない。

(寝てる間も、この触手が緩《ゆる》んだりはしないんだ……)

クレヲの枷《かせ》となっている蔓《つる》は、相変わらず彼の足にしっかりと絡みついていた。

(寝ている鳥が木から落ちないのと一緒かな。まぁいいや。とにかく起きてもらわないと)

まるで微笑《ほほえ》んでいるみたいな寝顔を見ると、起こすのが忍びなく思えた。しかし、心を決めて声をかける。

「あの……すいません、絵が完成しました……」

「…………すぴー」

寝息で返事をされてしまった。

「あのー……」

「…………すぴー」

このままではらちが明かない。

　今度はもっと大きな声でいこうと息を吸い込む。と、少女の肩がぴくっと動いた。寝惚《ねぼ》け眼《まなこ》がゆっくり開く。

「あ、あの、起こしてしまってすみません。でも……」

　少女はしばらくぼーっとしていたが、やがてハッとした顔でクレヲを見た。

「あ……ねぇっ、終わったの？」

「は、はい、出来てます」

　スケッチブックから丁寧《ていねい》に切り取って差し出す。少女の蔓がそれを受け取った。

　ひと目見るなり、歓声が上がる。

「わぁっ……さっきのと違う。色が、おんなじ色だわっ！」

　背景は先ほどと同様に鉛筆のみで処理したが、少女の部分にだけは色を塗っていた。

　最初は着色なしの鉛筆画を渡すつもりだった。しかし、いつの間にか少女はうたた寝を始めてしまい、それならもうちょっと時間がかかってもいいだろうと思ったのだ。

　少女は緑色の髪の毛を一束つかんで絵と照らし合わせる。「同じ色！」嬉《うれ》しそうに、にぃーっと笑った。指先で線をなぞりながら一つ一つ確認する。

「アタシの髪……アタシの手……アタシの顔……ねぇ、アタシって本当にこんな顔なの？」

「え？　えっと、そうですね……。そうだと思います……はい」

　クレヲとしては、くりっと吊り上がった目を特徴的に描いたことで、彼女らしさがうまく表現できたと自負している。

「これがアタシ……」

少女は目を細めて、うくくっと喉《のど》を鳴らした。どうやらかなり好感触のようだ。

「あの、気に入ってもらえましたか……？」

「ええ、もちろん！　アタシ、とっても気に入ったわ！」

「じゃあ……」

「んっ？　あぁ、うん、あなたは食べないであげる」

その言葉が聞きたかった！　クレヲは心の中で叫び、すがすがしい脱力感に身をゆだねた。

次の瞬間、急に立っていられなくなり、あっと言う間もなく仰向けにひっくり返る。芝草がクレヲの体を優しく受け止めた。ふかふかのベッドに寝っ転がっているような心地よさだ。

(助かったんだ……僕)

気が抜けた途端、疲労と空腹と睡魔が総攻撃をしかけてきた。意識がぼやけ、立ち上がろうにもなかなか手足に力が入らない。

「えっ、どうしたのっ？」少女が驚きの声を上げる。

「……大丈夫です。ちょっと疲れただけですから……」

とは言ったものの、体中が今すぐの睡眠を欲して猛抗議しているのがわかった。試しにまぶたを閉じてみると、ものすごい勢いで意識が遠のいていく。それがたまらなく気持ちいい。

こんなところで寝てはいけないと心の声が警告するが、どうしていけないのかわからない。意識が溶けかかっている。

（十秒。十秒経ったら目を開けて起きよう……）

わずかに残された理性の欠片《かけら》でそう決意し、クレヲはゆっくりと〝十〟数え始めた。

一……二……三……四……五……六……七……八……きゅう………。

5

クレヲがゆっくりと目を開けると、空が黒かった。

目を閉じる前は、まだ夕日の色にも染まっていなかったのに、気がつけば辺りはすっかり暗くなっている。

だがそれでも、木に覆《おお》い包まれた場所ではないので、真っ暗闇《くらやみ》というほどではなかった。見上げた空には、星がまばらにちりばめられていた。

少しずつ頭がはっきりしてくると、自分が危機的状況に置かれているということをようやく思い出す。

（……僕、寝ちゃったんだ。大変だッ！）

早く、夜をさまよう野獣たちから身を隠さないと！　起き上がろうとして、勢いよく両手を地面についた。

が。

地面に触れたのは左手だけ。右手はなににも触れず、むなしく宙を突く。わけもわからぬまま、体が時計回りに回転した。宙に浮くような感覚のあと、総毛立つようなスピード感がクレヲを襲う。

本能的に理解した。自分は今、落下している！　静かな森に悲鳴がほとばしる。

だがその直後、クレヲの体はぴたっと宙に止まった。

足になにかが食い込んでいる。クレヲの体をつなぎ止め、ずりずりと引き上げていく。

しばらくすると、ごつごつとしている地面にゆっくり下ろされた。

「びっくりした。あなた寝相悪いのね」

薄闇《うすやみ》の中で魔獣の少女が笑っていた。

蛙《かえる》のように地面に張りついて、クレヲは自分が落ちかけた場所をそーっと覗《のぞ》き込んだ。

視線の先、ずっと下のほうに木々のてっぺんが見えた。泥沼に溜《た》まった澱《おり》のような真っ黒い木々の陰が、見渡す限りどこまでも広がっている。

つまりクレヲは断崖絶壁《だんがいぜっぺき》の縁で寝ていたのだ。眼下に見える木々の大きさから推測するに、下の地面までは相当の距離がありそうだ。落ちていたら即死だっただろう。全身がぶるぶると震《ふる》え、蚊《か》の鳴くような悲鳴が漏《も》れた。腹這《はらば》いのまま後ずさりする。

「アタシが連れてきてあげたのよ。あなた揺すっても全然起きないんだもん」と少女。クレヲのリュックもそばに転がっていた。

「あなたが、僕を……？　あの、ここっていったい……」

崖《がけ》っぷちに広がる、小さな家が建てられそうなくらいの空間。

少女は両手を大きく広げて言った。

「ここはねぇ、アタシの今一番お気に入りの場所。アタシのおうちっ！」

「おうち……どうして僕を？」

「絵のお礼よ。あなたのこと気に入ったから特別にね。ほら見て。もうすぐとっても綺麗《きれい》よ」

彼女の人差し指が、崖の遥《はる》か先にそびえる山々を指す。そしてクレヲはようやく気づいた。

明らかに、さっきより空が明るくなっている。星がかすんで消えかかっている。

（夕暮れ時じゃなくて、夜明け前だったのか……）

空が、雲が、赤く染まる。

輝く黄金のような太陽が山の端からじわじわと姿を現す。光線がクレヲの瞳を貫いた。

衝撃は脳まで達し、言葉を失う。

しばらくして頭の中にやっと浮かんだ言葉は、実にシンプルなものだった。

（綺麗《きれい》だ……。本当に綺麗で……美しい）

幻想的で、まるで神話に出てくる神の世界を垣間見《かいまみ》たような気分になる。

やがて太陽は、その身のすべてを現し、大地を照らす。

沼の底のようだった黒い森が緑色に輝きだす。

朝になったのだ。

「ね？」少女が言う。「綺麗《きれい》だったでしょ」

「……はい、とっても……」クレヲは目の前の風景に圧倒されながら呟《つぶや》いた。

今見た映像を頭の中でリピートし、心の奥底に焼きつけようとした。蛹《さなぎ》が蝶《ちょう》に生まれ変わるようなドラマチックなこの一瞬を、いずれキャンバスに封じ込めるときのために。

「でしょっ？　うんうん」少女は顔をほころばせながら、巨大なパノラマでそびえる山の一つを指差した。「アタシ、ちょっと前まであの辺に住んでたのよ。とっても綺麗な湖があるの。でも、獲物を探して遠くまでお散歩してたら、この場所見つけちゃって。すっごくすっごく綺麗で気に入っちゃったから、こっちをおうちにしたの」

そして、うくくくっと少女は笑った。

太陽に背を向けて深呼吸を始める。

すぅー……っ、はぁー……っ。

すぅー……っ、はぁー……っ。

緑色の髪の毛がざわざわと揺れ動いた。

「ふぅっ、今日もお日さまたっぷりで、体中元気いっぱいだわ」

少女は気持ちよさそうに伸びをした。

不用意に少女を見上げたクレヲは、呼吸に合わせて上下する彼女の胸元をつい見てしまった。慌てて目を伏せる。

「ん……どうかしたの？」と少女。

クレヲが口ごもっていると、彼のお腹がぐぅ～っと返事をした。

（そういえば、丸一日なにも食べてなかったんだ）

そう思った瞬間、猛烈な空腹感が襲ってきた。

「すいません、その……お腹減っちゃって……」

「あぁ、なんだ、そうだったんだ」

少女は背中からするすると蔓《つる》を伸ばし、近くにあった木の上枝をまさぐる。なにかをつかみ、それをクレヲの前に差し出した。

「はい、これ。美味《おい》しいよ」

受け皿のように構えたクレヲの手にぽとりと落とす。オレンジのような木の実だった。

クレヲが今までに食べたことのある果物は皆、皮が剝《む》かれ綺麗《きれい》に切り分けられているか、ケーキなどの材料として使われていた。もぎたてのまま〝はい、どうぞ〟と渡されて、いったいこのあとどうすればいいのか？　クレヲは悩んだ。

（皮を剝かなくちゃいけないよな。でも、ナイフなんて持ってない。緋緋色鉄《ひひいろてつ》の剣は、この子の前では使えないし……。いいや、素手で）

　へたをちぎって親指を差し込む。果汁と柑橘系《かんきつけい》の香りが勢いよくはじけた。

　柔らかく、厚みのある皮を剝いて、恐る恐る一房口に入れてみると——思った以上に甘い。でも酸っぱい。口の中に唾液《だえき》が噴き出す。でも、

「……美味しいっ！」

「でしょ？」少女は満足そうに微笑《ほほえ》んだ。蔓でもう一つもいで、自分も食べる。クレヲと違い、外の皮を剝いたあとは丸ごとかじりつく。口の周りが果汁でベトベトになっても全然気にしない。

　不思議なもので、二人で同じものを食べていると奇妙な親近感が生まれた。クレヲは、言うなら今だと思った。

「あの、木の実をご馳走になってそのうえなんですけど、お願いがあるんです」

「え？　うん、なぁに？」

「僕を、森の外まで連れていってほしいんです。僕一人だと迷っちゃって、外まで出られないと思うので……」

「森の外？　そこになにがあるの？」

「いえ、その、そうじゃなくて、森の外まで出られれば、自分一人でもなんとか家まで帰れる

と思うんです」

「帰る？　あなた、おうちに帰りたいの？」

少女の瞳がじっとクレヲを見つめた。

「はい。どうかお願いします」

すると少女はにっこり笑い、あっけらかんと言った。

「じゃ、ダメ」

予想外の返答に、クレヲの頭の中は真っ白になる。

時間が止まったような錯覚を覚えた。目をぱちぱちさせて立ち尽くした。

ひゅううぅ、と風が吹く。

快《こころよ》く引き受けてもらえるとばかり思っていた。そういう空気だった。

「……え……ダメ……？」

「アタシ、あなたのこと、とっても気に入ったの。だから帰っちゃダメ」

足首がきゅっと締めつけられた。彼女の蔓《つる》が囚人《しゅうじん》の足枷《あしかせ》のように絡みついているのを思い出す。

「逃げたら、食べちゃうからね」

さらりと釘を刺され、クレヲはへなへなと地面に座り込んだ。

別に、そんなに家に帰りたかったわけではない。待っているのは、なれなれしくすり寄ってくる叔母《おば》夫婦とマーカスの嫌味だけだ。

しかしだからといって、このまま彼女の愛玩《あいがん》動物として生きていくことになんの問題もないわけではない。

なにしろ相手は魔獣で少女だ。今は気に入ってもらっているが、明日になったら「やっぱり飽きたわ」と言って食われてしまう可能性は大いにある。

（じゃあ……どうする？　一か八か、緋緋色鉄《ひひいろてつ》の剣でこの触手を切って脱走を図ってみる？）

そしてまた、独りぼっちで森をさまようのか。

肉食獣の影に怯《おび》えながら、どちらに向かえばいいのかもわからぬままに。

（奇跡でも起こらない限り、生きて森の外には出られないだろうな。……あぁ、いったい僕はどうすればいいんだ）

クレヲが文字どおり頭を抱えると、すっと目の前になにかが差し出される。

先ほどと同じ種類の木の実だった。

「大丈夫？　もう一個食べる？」

心配そうな眼差《まなざ》しで彼女が見下ろしていた。

（僕のこと、気遣ってくれてるのか……？）

魔獣とはいえ、人間と同じように、苦しんでいる者をいたわる気持ちはあるようだ。

（いや……もしかしたら、うちの屋敷にいる誰より、彼女のほうがよっぽど優しい性格をし

てるのかもしれない）

クレヲは思った。とりあえず様子を見よう、と。

どうやら、明日やあさってで食べられたりはしなさそうだ。

いずれ飽きられる可能性はある。しかし、そのときは森の外まで連れていってくれるかもしれない。人間が、飼えなくなったペットを自然に放すように。

クレヲは受け取った木の実を地面に置き、立ち上がって姿勢を正した。

「じゃあ、別のお願いがあるんですけど、聞いてもらえますか……？」

改まったクレヲの態度に、お願いの重大さを悟ったのか、少女は眉根《まゆね》を寄せて身構える。

「別って……なに？」

クレヲは傍《かたわ》らに転がっているリュックの口を開き、中から取り出したものを素早く少女に差し出した。雨具のレインコート。

「これ……着てもらえませんか？」

月に唄えば

1

それは先日見た夢の続きだった。

九歳のクレヲが庭の花壇に向かってスケッチをしている。

と、突然、背中から明るい声をかけられた。

「坊《ぼっ》ちゃんが絵を描いてるのを見るのは久しぶりだ。やっとお許しが出たんですかィ？」

それはグラント家のお抱え庭師であるヨーゼフだった。

ヨーゼフは背が高く、六十を過ぎているとは思えないほど筋骨隆々《きんこつりゅうりゅう》としていた。いかにも職人らしいいかつい顔立ちだが、引き締まった頬《ほお》がニッと緩《ゆる》むとどことなく愛嬌《あいきょう》があった。

クレヲはヨーゼフが好きだった。母を亡くしたクレヲにとって、ヨーゼフは唯一心を許せる相手だった。年は大きく離れているが、クレヲは彼のことを友達だと思っていた。

しかし今は、彼の陽気な笑顔がちょっとだけ癇《かん》に障《さわ》った。スケッチブックをめくり、背中を向けたまま鉛筆を動かして、ぶっきらぼうに答える。

「先週、僕の弟が生まれたでしょ。そしたら家庭教師の人たち来なくなっちゃった。父さんがね、〝お前はもう勉強しなくていい〟って。〝あとは好きにしろ〟だって」

クレヲは鉛筆を止めて、言葉をつないだ。

「父さんはもう僕がいらないんだ。僕と違って丈夫で元気な、立派な跡継ぎが生まれたから」

後ろに立っているはずのヨーゼフはなにも言わなかった。しかし見ないでもわかる。こんなときヨーゼフは、クレヲ以上に悲しげな瞳で、口をへの字に曲げているのだ。

クレヲの鉛筆がまた動きだす。しばらくして、ようやくヨーゼフが口を開いた。

「坊《ぼっ》ちゃんは……お家を継ぎたかったんですかィ？」

「……ううん、全然」

「だったら――」ヨーゼフはわざとらしいくらい明るい声で言った。「よかったのかもしれませんぜ。これで坊ちゃんは、遠慮なく画家への道を進めるってもんじゃありませんか」

「……画家になんて、なれないよ」

「そんなこたねェでしょう。あっしは絵は素人《しろうと》だが、坊ちゃんならきっと立派な画家になれると――」

「だって僕、聞いちゃったんだ」

「……なにを、ですかィ？」

「〝どうせあの子は、二十歳《はたち》まで生きられないだろう〟って」

次の瞬間、ヨーゼフの口調が激変した。

「誰がそんなことを言ったんですかィッ！」

振り返ると、マグマのごとき怒りをたたえた瞳がクレヲを睨《にら》みつけていた。

クレヲは逆に、氷のような眼差《まなざ》しで、醒めた言葉を吐き出す。

「——父さんが」

ヨーゼフは言葉を失った。

愕然としていた。しかし、〝そんな馬鹿な〟〝信じられない〟という顔ではない。

悔しそうな、泣きだしそうな、なにがあろうと隠さねばならない秘密を知られてしまったかのよな、そんな顔だった。こともあろうに実の父親が息子の早世《そうせい》を想定するだなんて——。

「……なんだ、ヨーゼフも知っていたんだ」

「い、いやっ……あっしは、そのゥ……」

申し訳なさそうに目を伏せるヨーゼフ。

彼は正直な男だ。クレヲに嘘《うそ》をついたことは一度もない。その彼が、〝なにかの間違いでしょう〟とか、〝旦那さまからそんな話は聞いたことありません〟などと言わなかった。

ただ、こう言った。

「坊ちゃんに……お見せしたいものがあります。しばらくお待ちくだせェ」

そしてヨーゼフは、クレヲの返事も待たずに走っていった。

十分後、汗だくになって戻ってくる。肩で息をする彼の手には、見たこともない植物の植わった鉢があった。「坊《ぼっ》ちゃん、こいつを、ご存じですかィ？」

クレヲは首を横に振る。見たままに形容するなら、それは緑色のボールだった。そしてそのてっぺんから放射状に、近づく者を威嚇《いかく》するような鋭い棘《とげ》が無数に生えていた。

こんな奇妙な植物を見たのは初めてである。しかしクレヲには思い当たる節があった。

「それ……覇王樹《はおうじゅ》？」

「そう、そのとおりでさァ！　よくご存じで」ヨーゼフが感嘆の声を上げる。

「……図鑑で見たんだ。でも載ってた挿絵《さしえ》のはこんな丸くなかったよ。覇王樹って、この辺じゃ珍しい植物なんでしょ？」

「そうなんでさァ。こいつは先日、古い友人が旅行に行ったときの土産物として買ってきてくれたもんなんですがね。ところで坊ちゃん、こいつはこんなおっかない形《なり》してますが、ちゃあんと花を咲かせるんですぜ。それは図鑑には載ってましたかィ？」

「えっ……ううん、どうだったかな。ちょっと覚えてない。でも植物だったら花が咲くのは普通なんじゃないの？」

「まぁ普通はそうなんですがね――」

ヨーゼフはクレヲの横にしゃがみ込む。

「しかしですね、こいつァ、花を咲かせるまでが普通じゃないんでさァ。……なんと三十年

もかかるんですぜ」

「三十年っ？　ほんとに？」

クレヲが驚きに目を丸くすると、ヨーゼフは待ってましたとばかりにニヤリとした。

「まぁ、あっしもこの目で見たわけじゃあありませんがね、だからこいつを育てて確かめてやろうと思ってるんでさァ」

「…………へ～え……」

クレヲがまじまじと覇王樹《はおうじゅ》を見つめていると、ヨーゼフが「もっと近くでどうぞ」と植木鉢を近づけてきた。鋭く尖《とが》った棘《とげ》の一本一本が眼前に迫り、思わずびくっと身を引いてしまう。

「噛《か》みつきゃあしませんよ」ヨーゼフは豪快に笑った。

「まぁしかし、きっとこの覇王樹も、自分が花を咲かせるなんて夢にも思ってないんでしょうなァ。で、三十年経ったある日、自分が花を咲かせているのに気づくわけです。そりゃあ、びっくりするでしょうなァ」

びっくりしている覇王樹を想像して、クレヲはくすっと笑った。ヨーゼフも微笑《ほほえ》む。

「でもね、坊《ぼっ》ちゃん。人間だって同じでさァ。十年後、二十年後のことなんて、誰にもわかりゃあしませんや。もちろん、旦那さまにだって――」

彼の言わんとしていることがわかって、クレヲの顔に浮かんでいた小さな微笑みが消えた。泥のついた靴《くつ》を見つめるようにうつむく。

「十年後、二十年後……僕、生きてるかもしれない……？」

「そうならないと誰が断言できるもんですかィ。わからねェもんですよ。人の生き死には特に。昨日まで元気だった奴が、次の日コロッと逝《い》っちまうこともありますし。でもその逆だってありますぜ」

ヨーゼフの、なにかを思い出すような眼差《まなざ》しが、真っ青な夏の空に吸い込まれる。

「しかしですね、だからって〝明日はわからねェんだから今日だけ、今だけ楽しければいい〟っちゅうのも違うと思うんでさァ。たとえば、料理だって手間暇《ひま》かけたほうが美味《うま》くなるでしょう？　たった一日で得られる幸せなんざァ、一週間、一か月、一年、十年、なにかを積み重ねて初めて得られる幸せに比べれば、高《たか》が知れてまさァ」

そしてヨーゼフは、遠い空の彼方《かなた》を見つめ続けながら言った。

「だからね、坊ちゃん。人間、長生きしてナンボですぜ。長生きすりゃァ、いずれ花咲く日も来るってもんでさァ」

クレヲは靴を見つめ続けて問う。

「……………本当に……」

ヨーゼフを疑うわけではない。しかし彼の言うことが本当なら、母はどうなる？　長生きできなかった母は、〝高が知れてる〟幸せしか得られなかったということだろうか。

そのことをクレヲは、口に出して言うことはできなかった。言えば、またヨーゼフが悲しい顔をすると思った。

「……本当に、そう?」

ヨーゼフはクレヲのほうに向き直り、あの愛嬌《あいきょう》のある微笑《ほほえ》みを浮かべて言った。

「もちろんでさァ!」

そのヨーゼフは去年の秋、病に倒れ帰らぬ人となった。
覇王樹《はおうじゅ》の花を見ることなく――。

2

ハッと目を覚まし、まだ夜が明けていないことを確認すると、クレヲはため息を漏《も》らした。

やれやれだ。今夜はなかなか深い眠りにつくことができず、何度も起きてしまう。きっと神経が高ぶっているのだろう。

今日は、いやもう昨日かもしれないが、とにかく大変な一日だった。

少女にレインコートを着てもらってから、二人で森を歩いた。少女の食欲は二、三個の木の実では満たされない。より食べ応えのある獲物を探して森を歩くのが日課なのだという。

「まぁ、お日さまの光と水だけでも、なんとか生きてはいけるの。だから、気が乗らないな―

ってときは、日当たりのいいところでごろごろしながら一日過ごしたりもするんだけど」

しかし、走ったり、身を守るために戦ったりするには、がっつり食べておかないと力が出ないらしい。弱肉強食の自然界で少女が生きていくには、普段から充分な栄養を補給しておかなければならないのである。だから少女は獲物を求めて森を行く。蔓《つる》で足を縛られたままのクレヲは、少女のあとをどこまでもついていかざるを得ない。

二時間ほど歩いて、五本角鹿《ゴホンヅノシカ》の親子を見つけた。親は逃がしたが、子は捕まえることができた。もがき暴れる子鹿を蔓で拘束《こうそく》し、首を締めてとどめを刺すと、少女は獲れたての獲物の後ろ脚を――えいやっと――素手で一本もぎ取った。華奢《きゃしゃ》な体つきからは想像もできない怪力に、クレヲはうげっと目を剝《む》いた。

少女は嬉々《きき》としてもも肉にかぶりつき、もぐもぐと口を動かして呑《の》み込んだ。そしてまた肉に嚙《か》みつき、骨からぐいっと引きちぎる。口元を真っ赤に染め、にっこり笑いながら「はい、どうぞ」と肉片を差し出してきた。つんと鼻腔《びこう》を刺激する血の匂い。クレヲはめまいを覚えて尻餅《しりもち》をつき、腰が抜けた状態で後ずさりする。

「けけけけけけ結構ですっ」

「いらないの？　とっても美味《おい》しいのに」

首をかしげ、さらにむさぼり、それで彼女の今日の食欲はとりあえず満たされた。

だが、まだ終わりではなかった。

その後は彼女のお気に入りスポット巡りが始まり、暗くなるまで、あちこち引きずり回された。ようやく少女のおうちである〝朝日の綺麗《きれい》な崖《がけ》〟に戻ったときには、真っ暗な空に星が瞬《またた》いていた。

崖の近くに、虫などに侵《しん》食され内部に空洞ができた大木があった。幹に走った裂け目に少女は手を差し込み、例の怪力でメキメキとその亀裂を広げた。クレヲが体を横にしてやっと通れるほどの縦長の入り口を作る。

「はい、じゃあ今日からあなたはここで寝てね」

犬小屋ならぬ人小屋だった。中は、ぎりぎり足を伸ばして寝られるくらいの広さがある。人間としての尊厳を傷つけられている気がしないでもないが、死にそうに疲れていたので、もうどうでもよかった。寝袋に滑り込み、意識が遠のいていくままに身を任せると、すぐに眠りに落ちた。

なのに、どういうわけかしばらくするとハッと目が覚めてしまうのだ。寝ては覚めてを繰り返すうち、頭はどんどん冴《さ》えていく。すると、寝袋の中が蒸し暑くてたまらなくなってきた。

クレヲはファスナーを全開し、手足を寝袋から放り出す。うっすら滲《にじ》んでいた汗が気化して、ひんやりと気持ちいい。凝り固まった体をぐっと伸ばして――そのときだった。

クレヲの足首を縛っていた少女の蔓《つる》が、肌を優しくくすぐるみたいにするりとほどけた。

小さな音を立てて地面に落ちる。

（………え、なにこれ、どういうこと？）

予想外の展開に、まばたきも忘れて呆然《ぼうぜん》とした。

その状態が五分ほど続き、遠くから梟《ふくろう》の〝ゴロスケホッホ〟という鳴き声が聞こえてきて、
クレヲは我に返った。木の外にいるはずの少女に恐る恐る呼びかけてみる。

「……あの～、外れちゃいましたよ……？」

しばし待つ。すると、
すぴー……。

返事の代わりに少女の鼻息が返ってきた。

クレヲは息を殺して割れ目から顔を出した。重なる枝葉の隙間《すきま》から月明かりが差し込み、地面をそっと照らしている。
二、三メートル離れた木の根元に、もたれかかるようにして横たわる人影が。少女だ。
すぴ、ぴー……。

どうやら熟睡しているようである。鼻息に合わせて影がかすかに揺れ動いている。

クレヲは背筋がぞわっとする感覚に襲われた。

（今なら、逃げられる……ッ？）

3

犬や猫も夢を見る。魔獣の少女もまたしかり。

少女は、かつて住《す》み処《か》としていた湖のほとりにいた。

岸から十メートルほど先の水面から、なぜか一本の木が突き出ていた。その木の頂上に一匹の猿がいて、こちらを挑発するように手を打ち鳴らしている。今日こそ捕まえてやろうと、少女は背中から蔓《つる》を伸ばした。すると、絵を描く例の少年がどこからともなく現れ、少女に待ったをかける。

「あれは猿《サル》モドキですね。どこからどう見ても猿ですが、実は魚の仲間なんです。うかつに手を出すと、湖の中に逃げられてしまいますよ」

「え、あれ、魚なんだ、へぇ～」少女は目を見張った。「でも、猿じゃなくても食べてみたいわ。いい方法はないかしら?」

すると少年は、お任せくださいとばかりに胸を叩《たた》く。

「あなたが大声で〝わっ!〟と脅かせば、猿モドキもびっくりして〝わっ!〟と口を開けます。その口の中に――」傍《かたわ》らにいつの間にか石の山が積み上げられていた。少年はそこから一つをつかみ上げる。「この石を投げ込みます。それをたくさん繰り返せば、猿モドキは石の重さで動けなくなりますから、難なく捕まえられますよ」

「なるほど、それはいい考えね！」

少女は胸を高鳴らせ、何度も頷《うなず》く。早速そのとおりにやってみる。

口の両脇に手のひらを添えて、少女は「わッ！」と威嚇《いかく》した。すると猿モドキは、驚いたというより餌《えさ》を待つ雛鳥《ひなどり》のように無防備に口を開ける。その中に、少年の投げた石つぶてが吸い込まれるように入った。歓声を上げる少女。少年が次の石を手にする。

「さぁ、どんどんいきましょう！」

猿モドキの腹は、呑《の》み込んだ石でみるみるふくれ上がる。やがて重みに耐えきれなくなり、猿モドキは足を踏み外して落下した。下に伸びていた枝に受け止められるが、体が絡まって身動きが取れなくなる。

「やったァーっ！」二人の声が重なった。

もはや抵抗もできない猿モドキに蔓を巻きつけて岸まで引き揚げる。逆さまにすると、猿モドキの口から大量の石が溢《あふ》れ出した。何度も上下に振って、最後の一個まで吐き出させる。

そして、早速のランチタイムとなった。

少女は脚を食べ、少年は腕を食べた。初めて食べた猿――もとい、猿モドキは、かつて経験したことのない不思議な味わいだった。

「美味《おい》しいっ」

「美味しいですね」

二人とも口の周りを血まみれにし、珍にして美な猿《サル》モドキの味に舌鼓を打つ。

少年と出会って少女は初めて知ったのだが、誰かと一緒に食べると、一人のときよりもっと美味《おい》しく、もっと楽しい。

うくくくふふっ。

喉《のど》の奥から笑いが込み上げた。少年も笑っていた。あらかた食べ尽くし、「じゃあ、あとは脳味噌《みそ》を半分こにしましょう」と言おうとしたときだった。

ガクンという衝撃と共に、少女の夢は突然終わってしまった。


「──っ！」

ぱちっと目を開けると、そこは湖のほとりではなかった。食べかけの猿モドキもどこかにいってしまった。

目の前には、捕まえた人間の寝床としてあてがった大木が。視線を上げると、わずかに見える空は未《ま》だ暗く、瞬《またた》く星がちらりと覗《のぞ》けた。

「……な～んだ、夢だったの」

過去の思い出でもなんでもない、荒唐無稽《こうとうむけい》、支離滅裂《しりめつれつ》な夢。少女は木の根元にもたれて寝ていたのだが、上半身がずれて倒れてしまい、その衝撃で目覚めてしまったようである。

少女はやれやれとため息をつき、そのあと少しだけ笑った。

（変な夢。でも、楽しかった）

いつか本物の猿を捕まえて、そしたらこの人間にも食べさせてあげよう。少女がそう思っていると、頭の中で声が響いた。少女にいろいろな知恵を授けてくれるあの〝声〟が。

『ねぇ、ほどけてるわよ』

「え？　なにが？」

寝起きのせいもあってか、〝声〟がなんのことを言っているのかまったく思い当たらない。ぷるぷる震《ふる》えながら大口を開けてあくびをし、最後にほふぅと息を吐き出す。

「……ほどけてる……？」

少女が首をかしげると、〝声〟は感情のこもらない口調で言った。

『あの人間を縛っていた蔓《つる》がほどけているわ、と言ってるのよ』

「…………」

ゆるゆる回転する頭では、〝声〟の言ったことを理解するのには若干時間がかかった。

「…………ええッ!?」

彼を縛っていたはずの蔓に意識を集中した。確かに、つかんでいる感触がない。力任せに引っ張ると、蔓の先端はなんのひっかかりもなく木の割れ目から飛び出した。

慌てて這《は》い寄り、木の幹の割れ目から中を覗き込む。少女は夜行動物なみに夜目《よめ》が利《き》く。しかし中はもぬけの殻《から》だった。

『逃げられたわね』

〝声〟は、まるで他人事のように淡々と告げた。一方、少女の頭の中は、嵐の海で渦潮に呑《の》み込まれてしまったみたいにぐるぐると荒れくるっていた。

「逃げ……って、ど、どうしてよッ？」

『あの人間が言っていたでしょう。森の外に、自分のおうちに帰りたいって。だから逃げたんじゃないの？』

「そんな！　だって……」

確かにそんなことも言っていた。しかし、

「でもアタシ、木の実を採ってあげたわ。一緒に食べて、いろんなお気に入りの場所にも連れていってあげた。……それなのに！　あんなに楽しかったのにッ！」

『ちょっと面倒を見てあげたくらいでは懐《なつ》かない生き物なのかもね、人間って。それにあなたは楽しかったかもしれないけど、あの人間もそうだったかはわからないわ』

「ちょっ……どういう意味っ？　あ、アタシだけが楽しかったって……そういうことっ？」

『さぁ。そうかもしれないわね』

「そんな………ッ」

愕然《がくぜん》とした。裏切られたような思いだった。そしてそれは生まれて初めての経験だった。激しいショックと混乱が、少女を容赦なく襲い、責めた。

世界がねじ曲がるようなめまいを覚え、木の幹に手をつく。

少女の細い腕が苦しげに震《ふる》えた。

「そんな……そんなの……」

今にも気を失いそうなか細い声。

だが次の瞬間、少女の白い指が鉤形《かぎがた》に曲がり、幹の表面に鋭く爪を立て、えぐり取るようにひっかいた。

バリバリリッガリッ！

深々と刻み込まれた五本の傷。

肩が、声が、急激にふくれ上がる感情に揺さぶられるように、わなわなと震える。

「そんなの……許さナイ……ッ！」

緑色の目が暗闇《くらやみ》の中で不気味に光った。

「必ず見つけ出して、捕まえてヤルわ……」

『あの人間じゃ、この夜の森をそんなに早くは移動できないでしょうね。まだ遠くには行ってないはずよ』

「捕まえたら……その場デ食べテヤルッ！」

魔獣としての衝動に支配され、火を噴くがごとく少女は吼《ほ》えた。

獲物を探す鷹《たか》の目で、逃げた少年の足跡を探ろうとする。そのときだった。

…………はしゃべれなぃ～……。


声が聞こえた。

間違いなく、あの人間の声だ。しかもかなり近い。

（……えっ？）

『――えっ？』

いくらなんでも、こんなに近い距離にまだいるとは思わなかった。しかし少女が一番驚いたのは、彼の声が、逃亡者の声ではなかったことだ。

緊張感のない、奇妙な抑揚のついた不思議な声だった。その声を聞いていると、噴火寸前だった怒りがみるみる鎮《しず》まっていく。

（なによ……どうなってるの……？）

どういうわけか、声は一箇所にとどまって移動しようとしない。少女は声のするほうへ向かった。声は〝朝日の綺麗《きれい》な崖《がけ》〟のほうから聞こえてきた。目と鼻の先だ。

鼻眼鏡《めがね》～の、ケット・シぃ～。

木立を抜けて少女が崖に出ると——やはり彼はそこにいた。

座り込んでなにかをしているが、こちらからは背中しか見えない。

「ど〜んなことでも知っている〜」

彼は相変わらず奇妙な声を発していた。少女はゆっくりとその背中に近づいていく。

4

「なにやってるの……あなた？」

ご機嫌で、筆を走らせるのに夢中になっていたクレヲは、突然後ろから声をかけられ、地面に置いた水バケツをけっ飛ばしてしまいそうになるくらいぎょっとした。

慌てて振り返る。怒ってるような、困ってるような、不思議でたまらなそうな、なんともいえない顔をした魔獣の少女と目が合った。

「えっ……あ……そ、そのぉ……っ」

クレヲの顔が、蒼《あお》い月光の下でもはっきりわかるくらい赤くなる。

「す……すみません、うるさくしちゃって……あのっ……今夜はなんだか、自分でも信じられないくらい思いどおりに筆が動いてくれて、それでつい…………すみませんッ」

周囲に誰もいないということが絶対条件だが、筆が乗ってくると、つい歌を口ずさみたくなることがあった。今夜もそうだった。歌を聴かれてしまった恥ずかしさでクレヲはパニックに陥《おちい》り、訊《き》かれたことには答えず、訊かれてもいないことをしどろもどろに答えた。

少女はクレヲの言葉を無視し、彼の手元を覗《のぞ》き込んだ。

「絵を描いてたの？」

「えっ……あ、はい……」

クレヲの膝《ひざ》の上にはスケッチブックがあった。黒と青で塗り重ね、塗り潰《つぶ》された画用紙の中に、輝くような蒼白《あおじろ》い半円が描かれている。今宵《こよい》の月夜だ。

「どうにも寝つけなくて……それで、どうせ眠れないなら絵でも描こうと思いまして……」

おずおずと少女を見上げ、いけなかったでしょうか……？　とクレヲは尋ねた。

少女はというと、ぽかーんと顔中を口にして、ぜんまいの切れたからくり人形のように硬直していた。しかししばらくすると、大きく開かれた口からけたたましい笑い声が飛び出す。今度はクレヲが、目と口を広げて呆然《ぼうぜん》とした。

少女は紅潮した頬《ほお》を緩《ゆる》め、甲高《かんだか》い声でしゃべりだした。

「ほらっ、ほらっ！　ねっ！」虚空《こくう》に向かって話しかける。「なにが〝逃げられたわね〟よ。ちゃーんといたじゃない、もぉ〜！　うくっ、うくククフフっ！」

少女が誰に向かって言っているのかはわからなかったが、自分が脱走を図ったと思っていたらしいことはクレヲにも察せられた。

確かに、拘束《こうそく》する蔓《つる》が外れてから十五分ほどの間、逃げる、逃げない、逃げる、逃げない……と、クレヲの思考は右往左往した。

しかし、逃げても無駄という結論は、最初から目の前にぶら下がっていたのだ。どっちに向かって逃げればいいのかもわからないまま森をさまようクレヲは、飢えた夜の獣たちにとって、鼠《ねずみ》や兎《うさぎ》よりもちょろい獲物だろう。今、彼が生きていられるのは、少女の庇護《ひご》があるからこそだ。叫んで、すぐに助けに来てもらえる距離が、クレヲの自由の限界だった。これで逃げられるわけがない。最初からわかりきったことだった。

さて。

やがて笑いも収まり、緑色の瞳に滲《にじ》んだ涙を拭《ぬぐ》いながら彼女は言った。

「で、さっきは誰と話してたの？」

クレヲはきょとんとして聞き返す。「はい？」

「さっき、なんか変な声でしゃべってたじゃない。けっ……けっとしぃ～？　とか言って」

「けっと……？　あ、あぁ、あれはその～……」

やはり、と言うべきか、どうやら彼女は知らないようだ。忘れていた恥ずかしさが再燃し、頬がじわっと熱くなるのを感じながらクレヲは答える。

「あれは……う……歌です」

「歌？　なぁにそれ？」

思ったとおりの反応が返ってきた。しかし逆に、クレヲのほうが首をひねってしまう。

歌とは——いったいなんだろう？

絵筆を置いて腕を組む。眉根《まゆね》を寄せ、天を仰いで考え込む。その視線の先に答えがあるのかと、少女も真似《まね》して夜空を見上げる。

「歌というのはその……決まったとおりに声を上げたり下げたりしてですね……あ、リズムも大事なんですけど……と、とにかくそうやって声を出すこと、です……？」

頭脳をフル回転させて絞り出した結果だが、しかし疑問符の付いた回答文で少女が納得できるわけもない。〝よけいわからないんだけど〟とばかりに渋い顔をする。

「それ……なんのためにすることなの？　絵を描くのに必要なの？」

「いや、必要ってわけじゃないんですけど、その……歌を唄《うた》うと楽しいんです。楽しいから歌を唄う、ってこともありますけど……」

「…………ふぅ〜ん……」

少女は少しだけ納得したように頷《うなず》いてみせた。「じゃあ、もう一度やってみて」

「……えッ？」

「まだよくわからないけど、とりあえずもう一度聞いてみたいから。いいでしょ？　唄うって、楽しいんでしょ？」

さぁ、と目で促してくる。

さながら蛇《へび》に睨《にら》まれた蛙《かえる》だ。

クレヲは内気で恥ずかしがり屋な人間だったが、それ以上にノーと言えない人間だった。「歌は一人のときしか唄っちゃいけないんです」などと言って逃げる手もあるが、クレヲは嘘《うそ》をつくのが下手な人間でもあった。罪悪感でしどろもどろになり、少女が納得するまで嘘を貫き通すことはおそらくできないだろう。

（唄うしかないか……）

クレヲは観念して、目を閉じた。

視覚を遮断し、自分の声だけに集中する。

すぅーっ、息を吸い込んで――いざ。

鼻眼鏡《めがね》のケット・シー
世界中を旅してる
いろんなものを見てきたから
どんなことでも知っている
どうして夕日は赤いのか
夜空に星はいくつあるのか
聞けばなんでも教えてくれる

でもケット・シー　にゃにゃにゃーにゃ
尻尾《しっぽ》を振って　にゃーにゃにゃにゃ
人の言葉はしゃべれない

緊張のあまり、勝手にビブラートがかかってしまったりもしたが、それでもなんとかクレヲは唄《うた》いきった。

ゆっくりと目を開け、少女の様子を恐る恐るうかがう。

お互いの視線が重なった瞬間、少女の顔に笑顔の大輪が花開いた。

そして彼女は、興奮を抑えきれないとばかりに勢いよくしゃべりだす。

「今のが歌？　すごいわ、歌って面白い！　聴いてるだけで、聴いてるだけなのに……不思議！　アタシ今、とっても楽しい気分よ！」

緑色の瞳が、今宵《こよい》の月にも負けない輝きを放っていた。

「ねぇ、アタシもやってみたい！　どうすればいいの？　教えて！」

5

それから三十分ほど、二人で唄った。

少女の飲み込みは早く、クレヲと一緒に二、三度唄っただけで、歌詞も旋律《せんりつ》もほとんど覚えてしまった。ただ、〝ゲット・シー〟の〝シー〟の部分で、どうしても音がずれてしまうという癖が最後まで残ってしまったが、それは今後の課題だ。

絵も、空の部分に濃いめの白で点を打ち、星を散らして完成させた。

いろいろと一区切りつくと、コーヒーの効き目が切れたときのように、突然の眠気が襲ってきた。三半規管が故障してしまったかのように上半身がぐらりと揺れて、体のまっすぐを保てなくなる。そのことを告げようとして、クレヲははたと気づいた。

そういえば彼女の名前をまだ聞いていない。

魔獣とはいえ、女の子に名前を聞くなんて、ちょっと照れ臭い――

「あの、今さらですけど、自己紹介がまだでしたよね。僕はクレヲ・グラントといいます。あなたの……お、お名前は？」

さりげなく尋ねるつもりが、言葉の最後でつっかえてしまった。ふくれ上がる恥ずかしさをひた隠しながら、あははと笑って少女を見上げる。そして異変に気づく。

少女がぽかんと口を広げ、石像のように固まっていた。

真ん丸に見開かれた瞳がぱちぱちと瞬き、不思議そうな顔でじーっと見つめてくる。

「……あ、あの……？」

戸惑いながら声をかけると、開きっぱなしだった少女の口がゆっくりと動きだした。「クレヲグ……え、なに？」

「あ、はい、クレヲ・グラントです。クレヲで結構です」

「あなた……クレヲっていうの？　人間じゃないの？」

少女の前髪の隙間《すきま》から、眉間《みけん》に皺《しわ》が寄るのが見えた。

「えっ…………あぁ、そういうことですか」

彼女は〝氏名〟の概念を知らないのだ、とクレヲは理解した。

「僕はその……人間で、クレヲ・グラントなんです」

「名前が二つあるの？」

「うーん……そうですね、そういうことになります。人間は一人一人を区別するために、もう一つ、自分だけの名前を持っているんです。つまり〝人間〟はたくさんいるけど〝クレヲ・グラント〟は僕だけ。僕だけの名前なんです」

実際には同姓同名の他人もいたりするのだが、今そこまで話してもややこしくなるだけなので、あえて割愛した。

しばらくして、彼女の眉間の皺がゆっくりと消える。

「一人だけ、自分だけの名前……ふぅーん、人間って面白いこと考えるのね」

どうやら一応は理解してもらえたようだ。

「あの、それで、あなたのお名前は……？」

「ん？　待って、今、聞いてみるから。ねぇ、アタシの名前ってあるの？」

そう言うと少女は、自分の頭のてっぺんを見ようとするみたいに、緑の瞳をくりっと上まぶたに半分もぐらせた。彼女はなにを言っているんだろうと、クレヲは首をかしげる。

やがて残念そうに肩を落とし、少女は言った。

「アタシ、名前ないんだって。名前なんて必要ないって」

「えっと……そ、それは誰が言ったんですか？」

「？」きょとんとした眼差《まなざ》しがクレヲを見つめる。「誰って、その……頭の中にいて、いろんなことを教えてくれる……あなたの頭の中にはいないの？」

「えっ……いや、僕の頭の中には誰もいませんが……」

クレヲが首を横に振ると、少女は少し驚いたような顔をした。

「そうなんだ、ふぅん。あ、でもちょっと待って！　なにか思い出しそう！　あれは、えーっと、えーっと……」

脳細胞を刺激するみたいにおでこをぺちぺちと叩《たた》きながら、少女は唸《うな》りだす。

帰り支度を始めつつ、少女がなにかを思い出してくれるのを待った。

やがて少女は手のひらを打ち合わせ、高らかに宣言する。

「そうだわ！　いつか人間が、アタシのこと、バケモノって呼んでた！　アタシの名前はバケモノよっ！」

絵の具をリュックにしまっていたクレヲは、思わずがくっと崩れそうになった。

「だ、ダメですよ、そんな名前っ」

「えー、どうしてよ！」

少女は不満そうに唇を尖《とが》らせる。

「だって……つまりその……悪い名前だからです」

「悪い？　名前には、いいとか悪いがあるの？」

「はい。その……バ、バケモノというのは、悪意のこもった呼び名なんです。僕は、そんな名前であなたを呼びたくありません」

「そうなの？　そうなんだ……」

少女は肩をすぼめ、がっくりと頭を前に垂らした。頭上の花も力なく揺れる。

蒼《あお》い月明かりに照らし出された少女の横顔が、なんとも寂しげだった。

その表情は、男の子の本能を刺激して、なんとかしてあげたいという気持ちを著《いちじる》しく誘う。

でなければ、内気なクレヲの口から、こんな言葉は出なかっただろう。

「あの、ちゃんとした名前をあなたが思いついたら、それでいいと思うんです。でもそれまでは……」ごくりと唾《つば》を飲む。「ロザリーヌとお呼びしても……いいでしょうか？」

「ロザリーヌ？」

少女は顔を上げ、自らを指差す。「それ、アタシのこと……？」

クレヲは、ただ、頷《うなず》いた。

「ロザリーヌって……いい名前なの？」

とっさに閃《ひらめ》いた名前だが、不思議と確信があった。「はい。いい名前だと思います」

「ロザリーヌ……アタシが……」

少女は呟《つぶや》きながら、レインコートをまとった自分の体に視線を滑らせる。

つま先、膝《ひざ》、太もも、肩から手、指先まで。右、左と交互に。

人差し指を立ててじっと見る。ついさっきまで、これはただ、人差し指だった。

今はロザリーヌの人差し指だ。

「……………!!」

熱く、痺《しび》れるようななにかが、背筋を駆け抜けて脳を直撃し、少女は後頭部を鈍器で殴《なぐ》られたような衝撃を覚えた。


人差し指を呆然《ぼうぜん》と眺める少女。

彼女を見てクレヲは思う。

気に入ってもらえたのか、もらえなかったのか？

心に傷の絶えない幼少時代を送ったクレヲは、基本的によい結果を期待しないという癖《くせ》が染

みついていた。だから卑屈《ひくつ》なくらい申し訳なさそうな上目遣いで、

「あの、もし気に入らないのでしたら……ダメなら別に……」

言いづらいことを告げようとしている気弱な医者のように、もごもごと口の中だけで呟《つぶや》く。

それでも少女の耳には届いたようで、二人の視線が、彼女の人差し指をまたいで交差した。

「あっ……ううん、別に嫌《いや》とかダメじゃないわ。ただ、急にロザリーヌって言われても、なんだかよくわからなくて」

「そうですか……。あの、違う名前のほうがよかったりします……？」

「違う名前？」少女の瞳がまぶたに沿ってくるりと一周する。「ううん、いいわ。だって違うの言われても、どっちがいいとか多分わかんないだろうし」

「……そうですか。じゃあ、ロザリーヌで」

「うん」

可もなく不可もなくといった反応に、クレヲは少々戸惑った。

(どうせなら、もう少し喜んでもらいたかったけど……まぁいいか)

クレヲの口から、長く大きなあくびが漏《も》れた。さすがにもう限界だ。

「あの、僕はそろそろ眠くなってきたんで、お先に失礼していいですか？」

「え？　あぁ、どうぞ。アタシはもうちょっと、お月さまを見てる」

そうですか、と言ってクレヲもちらりと月を見上げる。確かに今夜は、いつまでも眺めてい

たくなるようないい月だった。「じゃあ、おやすみなさい……ロザリーヌさん」

「ロザリーヌサン？」少女の視線が、地上のクレヲに戻る。「ロザリーヌ、じゃないの？」

「あ、いや、それは――」

一瞬、敬称について彼女にちゃんと説明しようかと思ったのだが、さっきよりもさらに強力なあくびに言葉を潰《つぶ》され、もうどうでもいいような気になってしまった。

「そうですね。では……」リュックを背負い、名家の子らしい礼儀正しさで、退出のお辞儀をする。「おやすみなさい、ロザリーヌ」

「おやすみなさい、えっと……クレヲ」

寝床に向かう途中、クレヲはふと気づいた。なぜ〝ロザリーヌ〟だったのか？　いったいどこから出てきた閃《ひらめ》きだったのか？　その答えを。

(そうか、〝ロザリーヌ〟は……)

亡き母の名前――ロザリア――に似ていた。

6

クレヲがいなくなってから。

少女の視線は月を飛び越え、その遥《はる》か向こう側へ。まるで宇宙の果てでも見ているような眼差《まなざ》しで、いつまでも夜空を仰ぎ続けていた。

〝声〟が言った。

『彼の足、縛らなくてよかったの？』

「え？　……あぁ、そういえばそうだったわね」

少女はちょっとの間だけ黙考した。

「……まぁ、大丈夫よ。さっきだって逃げてなかったじゃない」

それから、いたずらっぽい笑みを浮かべて、さらにこうつけ足す。「それにしても、あなたでも間違うことあるのね。〝逃げられたわね〟って……うくくっ、あーおかしい」

〝声〟は答えなかった。まるで口をへの字に曲げて、ムッとしているようだった。

少女もそれ以上はなにも言わず、また月を見上げた。静謐《せいひつ》な時がゆっくりと過ぎていく。だがしばらくすると、うくくっと、笑い声がまた込み上げる。

『私が早とちりをしたのが、そんなに面白い？』

相変わらずのフラットな声音だったが、無理して冷静を保っているような感じがしなくもない。少女は、「それもあるけど、でも違うの」と言って、笑いながら首を横に振った。

「アタシね、アタシはもうただのアタシじゃなくてロザリーヌなんだって、そう思うとね、勝手に顔がにこにこしちゃうの。喉《のど》の奥から、うくくって、止まらないの。アタシ、どうしちゃったのかな」

そう言って、うくくっとまた笑う。肩が小刻みに揺れる。

〝声〟は淡々と、こう答えた。

『私にはわからないわ。でもなんだか……ずいぶんと嬉《うれ》しそうね』

「嬉しい？」緩《ゆる》みっぱなしの頰《ほお》に少女は手を添えて、数秒ほど考える。「そうね、アタシ嬉しいみたい。ねぇっ、あなたには名前はないの？　あなただけの名前！」

前のめりで詰め寄る少女。しかし〝声〟のトーンは変わらない。

『それは意味のない質問ね』

「……どーゆうこと？」

『私はあなたの一部だからよ。あなたの髪の毛や、蔓《つる》の一本一本に名前がないように、私にも名前なんてないわ』

少女は眉根《まゆね》を寄せて、「？」と首をひねる。

〝声〟は、幼い子供にものを教える母親のように続けた。

『要するに、私とあなたは同じ存在なのよ。わかる？　同じ一個の生命なの。つまり、私だけの名前なんてものはありえないのよ』

「同じ？　アタシとあなたが同じなの？」

『そうよ。わかった？』

「じゃあ、あなたもロザリーヌなの？　ダメよ！　ロザリーヌはアタシだけなんだからっ！」

少女は拳を握りしめ、見えない相手に向かって猛然と噛《か》みついた。既得権益《きとくけんえき》の侵害！

〝声〟は少し呆《あき》れたように、わかってないのね、と呟《つぶや》く。

『じゃあいいわ。私のことは〝本能〟と呼んで』

「ホンノー？　それがあなたの名前？」

『そうよ。それで満足でしょう？』

するると少女の態度がころりと変わった。うくくくっという笑いが復活する。

「うんっ。アタシがロザリーヌで、あなたはホンノーね」うくくくっ。「でも、ホンノーって変な名前。絶対、ロザリーヌのほうがいい名前よねっ」

得意げに胸を張る少女。

『なんとでも好きに言いなさい』

〝声〟はそれだけ言って、あとは黙ってしまった。

もしかしたら、さすがに怒ったのかもしれない。しかし、少女——ロザリーヌはまるで気にもせず、中天に輝く半月に聞かせるかのように、覚えたばかりの歌をまた口ずさみ始めた。

その歌声は風に乗って夜の森に広がり、寝袋の中ですぅと寝息を立て始めたクレヲの耳にもそっと染み込む。

かつて、風邪などでベッドに伏したときも、この歌を聞けば彼は安らかな眠りに落ちることができた。

傍《かたわ》らで唄《うた》ってくれたのは――母。

今、クレヲの寝顔は、かつての幸せを取り戻したかのように満ち足りていた。

鼻眼鏡《めがね》のケット・シー、

世界中を旅してる――

青い薔薇

1

次の日から、クレヲの朝は、

「おはよう、クレヲ」

で始まった。そしてもちろんクレヲも、

「おはようございます、ロザリーヌ」

と答えた。

崖《がけ》に出て朝日を浴び、近くにある清流で喉《のど》を潤《うるお》す。これが朝の日課。その後、しばらくまったりして、内臓が活発に働きだすのを待ってから、空腹を満たすための狩りに出る。

獲物がなかなか見つからない日は、足が棒になるほど歩かなければならなかったが、運よく大物――たとえば、まるまる肥えた大人の猪《いのしし》など――に出合えれば、そして首尾よく仕留めることができれば、二、三日は彼女の満腹は続いた。狩りに行かないでいい日は、数あるロザリーヌのお気に入りスポットのどこかで、日が暮れるまでのんびりした。ロザリーヌは「ねぇ、なにか面白い話して」と要求し、クレヲは、かつて部屋に閉じこもり黙々と読みふけった本の物語を話して聞かせた。

「〝王さま〟ってなに?」

「〝サーカス〟ってなに?」

たびたび話の腰を折られたが、そのつどクレヲは〝挿絵《さしえ》〟を描いて、彼女の質問に答えた。物語の奥にある教訓や、登場人物の心情の機微はロザリーヌには理解できないようだったが、未知の知に触れるということ自体が彼女にとって大きな喜びのようだった。王さまやサーカスやその他いろいろが無秩序に描かれ埋め尽くされた画用紙を、ロザリーヌは大事そうに折りたたんで、レインコートのポケットにしまった。

そんな感じに、二週間の時があっという間に過ぎていった。


ロザリーヌが現在拠点としている〝朝日の綺麗《きれい》な崖《がけ》〟のそばには、赤い薔薇《ばら》が群生している。その日、クレヲはその薔薇をスケッチしていた。そしてほんの気まぐれで、薔薇の色を青く塗った。

絵が完成に近づいていく様を、飽きもせずじっと眺めていたロザリーヌは、「えっ?」と小さな声で驚く。

「花の色がおんなじじゃないわ。なんで?」

クレヲは、この森にはこんな青い薔薇が咲いているはずなんです、それはとても珍しい薔薇なのです、と説明した。

「とても珍しいの？　ふぅ～ん」

ロザリーヌはその部分に強く反応した。

　この世界で、青い薔薇の発見例はそう少ないわけではない。しかしその発見場所は共通していて、人がほとんど足を踏み入れないような深い森の奥だった。

さらに、これを持ち帰って増やそうとしても、一週間ほど経つと青い色が抜けていくのである。一か月もすると、ただの白い薔薇になってしまうのだ。ちなみに、美人だった女性がほんの数年の間にすっかり変わってしまったりすることを、俗に〝彼女は青い薔薇だった〟などと言ったりする。

とにかく青い薔薇は希少なのだ。それを持ち帰ってグラント家を継ぐつもりはさらさらないが、せっかくここまで来たのだから一度くらいは見てみたいと思っていた。

（そういえばヨーゼフも、死ぬ前に青い薔薇が見たいって言ってたな……）

クレヲが青い薔薇を見ることで、今は亡き友人への供養になるような気もした。懐から魔法のコンパスを出して、ロザリーヌに見せる。

「この道具が示す先に、その青い薔薇が咲いているはずです」

ロザリーヌは親指と人差し指でそれをつまんで、くるくると、まじまじと観察する。

「こんなもので、森のどこかに咲いている花の場所がわかるんだ。へぇ～、なんか面白そう」

コンパスをクレヲに返すと、ロザリーヌはにっこり笑ってこう言った。

「じゃあ今から行ってみましょう」

2

一日目はまだましだった。

出発したのが午後だったので、すぐに日が暮れた。ロザリーヌは、夜を徹しても構わないくらいの意気込みだったが、暗いとコンパスが見えないからとなんとか説得した。寝袋にもぐると、一分もしないうちにクレヲは眠りに落ちた。

翌日、日の出と共にまた歩き始めた。

しばらくすると足に妙な負荷を感じた。最初のうちは首をかしげるだけだったが、やがて理解した。地面が緩《ゆる》やかに傾斜している。

(どうか小さな丘程度ですみますように……!)

しかし傾斜はどんどんきつくなり、どこまでも続いた。どうやら知らぬ間に山登りを始めてしまったようである。ふくらはぎが引きつり、クレヲは早くも音《ね》を上げたくなった。

一方、ロザリーヌは地面の傾斜になど気づいてもいなさそうで、ときに藪《やぶ》を踏み分け、ときに樹木の下枝をへし折り、意気揚々と森を突き進んだ。

どこまでも突き進んだ。

突き進み、突き進んだ。

少し休憩して、さらに突き進んだ。

「……それでね、音を立てないようにそーっとそーっと蔓《つる》を忍び寄らせたの。でも、あと少しでその兎《うさぎ》に届くってときに、シュッて、ほんのちょっとだけ木をこすっちゃって。アタシ、もうダメだ逃げられちゃう！　って思ったんだけど……って、ねぇ聞いてる？」

ロザリーヌが立ち止まって振り返る。クレヲはその三メートルほど後ろを、彼女に追いつこうと必死に歩いていた。背中のリュックに、後悔の念というさらに重い荷物を加えて。

よろよろと、足取りも危《あや》うく、今にも転びそうである。

「き……聞いてます…………あっ！」

ゼェゼェと喘《あえ》ぎながら答えた刹那《せつな》、本当に転んだ。

ロザリーヌはかがんで、「大丈夫ぅ？」とクレヲの顔を覗《のぞ》き込む。地面に突っ伏したままのクレヲは「少し、休ませてください……」と呟《つぶや》いた。

リュックを外してごろりと仰向けになると、木漏《こも》れ日が汗まみれの体を斑模様《まだら》に照らす。照らされた部分が瞬間で火照《ほて》り、たまらずクレヲは、ごろんごろんと転がって大きな影の中に逃げ込んだ。緩めた襟元《えりもと》から涼しい微風が吹き込み、気持ちよさにため息が漏れる。

「ねぇまだ？　そろそろ行きましょうよ」

二、三分もしないうちに、待ちきれなくなったロザリーヌが、レインコートの裾《すそ》から蔓《つる》を伸ばしてクレヲを揺する。このままでは蔓で縛られ、地面を引きずられるかもしれない。クレヲはリュックを背負い、両脚に気合を入れてなんとか立ち上がった。

しかしほんの数歩で、地面から剝《む》き出しになった木の根に足をつかまれ、また転ぶ。

ロザリーヌのため息が聞こえた。

男の子のプライドが傷つき、ちょっとだけ泣けてくる。口の中に、苦い砂の味が広がった。

と。

突然、体が宙に浮いた。魔獣少女の蔓が全身に絡みついていた。

呆《あき》れて、飽きて、気が変わって、やっぱり食べてしまうことにしたのだろうか？　ゾッと血の気《け》が引く。悲鳴を上げる間もなく、なすがままの彼の体は――ロザリーヌの背中にちょこんと乗せられた。

ロザリーヌがクレヲの両脚を抱えると、絡みついていた蔓がほどかれていく。

いわゆるおんぶ状態。

（…………え？）

クレヲのすぐ目の前に彼女の横顔があった。まばたきに合わせて上下する長いまつげが、まるで羽を動かす蝶《ちょう》のようだった。その優雅な動きに思わず見入っていると、不意にロザリーヌはこちらを向き、超至近距離で目が合う。

「ねぇ、こっちでいいのよね？」

「えっ――あっ、ちょっ、ちょっと待ってください」

あたふたと魔法のコンパスを出す。その示す先は、彼女が顎《あご》で差した方向と一致していた。

「は、はい。合ってます。その方向で――」

気がつくと、少女の瞳がじっとクレヲの顔を見つめていた。

「えっ、わっ、な、なんですかっ？」

ロザリーヌは黙ってクレヲの顔を覗《のぞ》き込んでくる。

「クレヲは……なんかよく顔が真っ赤になるよね。どういうときに顔が真っ赤になるの？」

「ど、どういうって、その……」

横顔に見とれていたとは言えず、逃げるように顔を背《そむ》ける。

ロザリーヌは目をぱちくりさせて首をかしげた。

答えを待つロザリーヌと、答えられないクレヲ。しばらく沈黙が続く。

やがて黙秘を続けることの気まずさに耐えきれなくなる。なにか言わなければ。もう正直に言ってしまおうか。いやでも……。頭の中がぐるぐると渦を巻いた。知恵熱が出そう。

と、耳元でロザリーヌの声が響く。「クレヲ、しっかりつかまっててね」

つかまっててね？　なんのことだかわかる前に、ロザリーヌは力強く発進した。

先ほどまではクレヲに合わせて歩を緩《ゆる》めていたのだろう。比べものにならないスピードで山を登る。森を突き進む。幹が、葉が、前から後ろへ川の流れのように通り過ぎていく。まるで地震のような上下の揺れに、クレヲの体は宙に浮き、頭の中で脳がシェイクされた。思わずロザリーヌの首筋にしがみついた。

（あ……）

彼女の体を、後ろから思いっ切り抱き締めている自分に気づく。

見た目はすらりと細いのに、しかしふっくらと柔らかかった。

若草のような香りがクレヲの鼻腔《びこう》をくすぐった。ロザリーヌの髪の匂《にお》い。

不意にロザリーヌが振り返り、クレヲの顔を見つめる。

「ほらまた、もっと赤くなったわ。ねぇ、どうして？」

走りながら無邪気に問う。クレヲは答えに窮《きゅう》し、なかばやけくそで、叫ぶように言った。

「わ、わかりませんっ。勝手に、赤くなるんですっ！」

「勝手に赤くなるんだ。へぇ〜」

その間も一切スピードを緩《ゆる》めることなく、木々の隙間《すきま》を縫《ぬ》い、行く手をさえぎるような下枝をくぐり抜ける。低木などの小さな茂みならひとっ飛び。すれすれでぶつかりそうなところにもロザリーヌは躊躇《ちゆうちょ》なく突っ込み、そのたびクレヲは、ぞっと身の毛のよだつ思いをする。

少女の背中に必死でしがみついているクレヲは気づかなかったが、ロザリーヌはレインコートの裾《すそ》をはためかせながら楽しそうに笑っていた。そして日が落ちるまで、彼女の猛進は止まらなかった。

　やがて大きな崖《がけ》にぶつかり、迂回《うかい》を余儀なくされた二人は、崖沿いに下って河原に出た。その場所で夜を越すことにした。

3

　今宵《こよい》の月は雲隠れ。ときどき地上が気になるみたいにちょろっと顔を覗《のぞ》かせるが、分厚い雲が夜のとばりとなって森を包み、目を凝らさないとすぐ近くにいるお互いの表情もわからないほどだった。

　ロザリーヌは釣りでもするみたいに、何本かの蔓《つる》を川の中に垂らし、数分のうちに一匹目を捕まえた。餌《えさ》もなく、この暗闇《くらやみ》でよく捕まえられるものだと、クレヲは首をかしげながら感心した。

　そうこうしているうちにもう二匹目。さらに三匹目。四匹目。

　捕まえた魚は頭から丸かじりで、骨も鱗《うろこ》もお構いなしにボリボリ嚙《か》み砕く。活《い》きのよさを表わすというよりまるで断末魔のあがきように、ビチチッビチチッと震動する魚の尻尾《しっぽ》が少女の口の中に消えていくシルエットを見て、クレヲはちょっとだけゾッとした。自分も、食べられるときはあんなふうになるのだろうか、と。

今見た光景を早く忘れようと頭を強く振り、クレヲは近くの木になっていた赤く皮の薄い果実にかじりついた。

「魚、いらない？　あなたって本当に木の実が好きなのね。人間はみんなそうなの？」

歯茎《はぐき》に張りついた鱗《うろこ》をつまみ取って、ロザリーヌが言った。

正直に言えば、朝から晩まで果物づくしの生活には、若干辟易《へきえき》していた。陸に揚げられ、ぴちぴちと跳ねている魚を、〝焼いたら美味《おい》しいんだろうな〟という恨めしげな目で一瞥《いちべつ》する。

「いいえ、そこまで好きってわけじゃないんですけど、肉や魚を生で食べるのはちょっと……」

刺身やカルパッチョで生魚を食べたことはあるが、生とはいえそれらはちゃんと調理されたものだ。彼女のようなワイルドな食べ方をしたことはさすがに一度もない。ほかに食べるものがあるなら、躍《おど》り食いはできれば遠慮したいと思った。

「生がダメなの？」ロザリーヌの首がちょこんと傾く。「じゃあ、どうやって食べてるの？」

「えっと……焼いたら、食べられるんですけど」

「焼く？　焼くって、火で？　じゃあ、クレヲも手から火が出せるの？」

ロザリーヌは顔をしかめ、身構えるように体を引いた。

「えっ……それって火焔《かえん》魔法のことですか？　いや、僕は魔法は使えませんよ。マッチっていう、火をつける道具があるんです。今は持ってないですけど……」

クレヲがそう言うと、ロザリーヌはほっとした顔でまた体を前に戻した。

「前に、手から火を出す人間に遇《あ》ったの。アタシ火って嫌い。すごく熱くて痛いんだもの。あんなので魚焼いちゃって、ちゃんと食べられるの？　苦くない？」

どうやら真っ黒に焼けた炭を想像しているようだった。クレヲは〝いや、そうじゃなくて〟と手を振る。

「焼くって言っても、そこまで焼くわけじゃないです。焦《こ》げない程度に――少しくらい焦げたほうが美味しいんですけど――いい感じに焼けば、あったかくて、じゅわっとして、とっても美味しいですよ。もしマッチがあったら、ロザリーヌにもぜひ食べてみてもらいたいです」

「……ふぅ〜ん」

ロザリーヌは素っ気ない相づちを打つ。

「ねっ、それよりあとどれくらいで青い薔薇《ばら》のところに着きそうなの？」

「えっ……あぁ、ちょっと待ってください」

あっさりと話をすり替えられて、クレヲは苦笑いしながら魔法のコンパスを取り出す。

「正確な距離はわからないんですけどね、でもどれくらい近づいてるかを知る目安は一応あるんです。この暗さではちょっと難しいかもしれませんけど」

それはかつて読んだ冒険小説で覚えた知識だった。クレヲはその小説の主人公になりきって、コンパスを地面と水平に持ち、ネジを巻くようにくるっと半回転させる。そしてじっと見る。しかし駄目だった。うぅんと唸《うな》る。

「やっぱり暗すぎて針が見えませんね。もし――」

月が雲から顔を出してくれれば、と言おうとしたときだった。願いが天に通じたかのように、まさにそのとおりになった。刹那《せつな》の月明かりが二人を照らす。クレヲは急いでもう一度、コンパスをくるりと回転させた。

「…………」

「…………」

「……………」

「……………」

クレヲは再度コンパスを回し、無言で針の動きに注視する。ロザリーヌも息を呑《の》んでクレヲの真似《まね》をする。

「……………………うん」

「え……今のでわかったの？」

はい、とクレヲは頷《うなず》いた。

原理は簡単である。魔法のコンパスの針を支えている軸は、職人の手でわざと粗めに磨かれ、表面に適度なざらつきが残るよう細工されている。このざらつきが摩擦を強め、針の回転にブレーキをかけるのだ。たとえば針を真逆の方向にまで回すと、正しい向きに戻るまで若干時間がかかる。この時間で、基軸石との距離を目算するのである。確かな品質のコンパスを、経験豊かな冒険者が使えば、基軸石までの距離がメートル単位でわかるのだという。

ロザリーヌのおうちの〝朝日の綺麗《きれい》な崖《がけ》〟で計ったときは二秒ちょっとかかった。今は二回ともおよそ一秒だった。小説によると、基軸石と魔法のコンパスが最接近した場合、たった一言「あ」と言うだけの時間で針は元の向きに戻るとのことだ。ということは——

「おそらく、半分以上の距離は歩いたと思います」

「ほんとっ？　じゃあ明日には着く？」

「えっ……そ、そうですね……」

その可能性は高いだろう。しかし明言するだけの自信はなかった。なぜなら自分は知識をかじっただけの素人《しろうと》で、ベテラン冒険者ではないからだ。

「明日か、あさってには、多分……」

「着く？」

「着く……かもしれないです」

「……？」

「つ……着かないかも、しれないです」

明言することを恐れるあまりの曖昧《あいまい》発言。

しばらくして、首をかしげたロザリーヌはこう言った。

「………なにそれ？」

月は再び雲に隠れてしまい、ロザリーヌがどんな顔をしているのかはわからない。しかし、声だけで充分に彼女の不満は伝わってきた。

「それじゃ全然わからないんだけど。さっきやったのってなんだったの？」

「………すみません……」

クレヲの顔がかーっと熱くなった。

ロザリーヌにしてみれば、裏も表もなく、ただ質問しただけのつもりだったかもしれない。しかしクレヲはそうは思わなかった。詰め寄られ、責められている気がした。情けなくて、恥ずかしくて、今すぐ空気みたいに消えてしまいたくなる。

「どうして謝るのよ」

闇《やみ》の中でロザリーヌのため息が聞こえた。今日、二度目のため息だった。

「まぁいいわ。じゃあ明日のためにもう寝ましょう」

クレヲはか細く震《ふる》える声で「……はい」と、やっとのことでその一言だけ言えた。川の音にかき消されて、少女の耳には届かなかったかもしれない。しかしクレヲは構わず寝袋にもぐり込んだ。

月が雲に隠れてしまったのは、クレヲにとって幸いだった。川の流れる音が意外と大きかったのも都合がよかった。

真っ暗闇の中で、クレヲは少しだけ泣いた。

（でも……僕だって頑張ってるんだ）

あれからクレヲはなかなか寝つけなかった。三十分ほど経って、こめかみに流れた涙の跡が乾いた頃、噴きこぼれる鍋のようにグツグツしていた自己嫌悪も多少は収まっていた。

（いつもだったら、とっくに熱を出してぶっ倒れてる。……なんでだろう。この森に入ってから？　ロザリーヌと出会ってから？　僕の体は前よりちょっと丈夫になった気がする）

空気がいいのかもしれない。〝グラント家〟という精神的ストレスから解放されて、免疫機能が高まっているのかもしれない。しかし、クレヲにはそんなことはわからない。

（とにかく、僕は頑張ってるんだ。たとえ誰も認めてくれなくたって……そうだよ、僕が頑張ってるのは、僕が一番わかってるんだ）

心の中で、とはいえ——クレヲにしては珍しく強気に、そして攻撃的に自己弁護した。

だがそれもすぐにむなしくなった。しょせんは負け犬の遠吠《とおぼ》え。そんな気がした。

（わかってる。このままじゃダメなんだ、いくら頑張ってたって……。もっと好感度を上げて、もっともっとロザリーヌもクレヲに気に入ってもらわないと）

いつかはロザリーヌもクレヲに飽きる。そんな日が来るだろう。あるいは、なんらかの都合でクレヲを飼い続けることができなくなるかもしれない。そのとき、

『もういらないけど、食べちゃうのは可哀想《かわいそう》かな』

『クレヲが生まれ育った森の外の世界に帰してあげる』

『さようなら。元気で生きていくのよ』

と、なってくれなくては困る。それがクレヲが助かるための、今思いつく最良の道なのだ。

そのためには、殺すのをためらうくらいの適度な愛情を持ってもらわなければならない。

しかし魔獣少女の愛着を得るにはどうしたらいいのだろう？

魔獣の心理は未《いま》だに理解しがたいところがある。

では少女のほうの心理に訴えてみるか？

（うーん……女の子って、どういうものが好きなんだろう）

残念ながら、クレヲは人間の少女についてもほとんど無知だった。男女交際はおろか、ガールフレンドとおしゃべりしたこともない。

（たとえば、かっこよかったり、頼りがいがありそうなところを見せればいいのかな……？）

かっこいい？　僕が？　クレヲはシニカルに口の端《は》を歪《ゆが》める。

いやしかし、ペットとして愛情を求めるのなら、むしろ――

（頼りなくて、守ってあげたくなるような感じのほうがいいのか？）

いやいや、とクレヲは首を振る。

（昼間、滑って転んで、ため息つかれちゃったじゃないか。あれは絶対呆《あき》れてた）

じゃあどうすれば？　あれもダメ、これも違う。出口のない迷路に迷い込んだ気分だった。

そして多くの十五歳少年がそうであるように、クレヲの夜もまた、

〝女の子の気を惹《ひ》くにはどうすればいいのか？〟

という哲学的難問に懊悩《おうのう》しながら悶々《もんもん》とふけていくのだった。

そのすぐそばで、当のロザリーヌは、微笑《ほほえ》み混じりの寝顔を浮かべて熟睡している。

すぴー。

4

どこかで鳥か獣の鳴く声がした。

クレヲははっと目を覚ます。もう朝だった。いつ眠ってしまったのかまったく記憶にない。

そしてロザリーヌがクレヲの顔を覗《のぞ》き込んでいた。寝顔をじっと見られていたようだ。

「おはよう、クレヲ」

「お……おはようございます、ロザリーヌ」

いつもどおりの挨拶《あいさつ》を交わす。「木の実、採ってくるね」と、ロザリーヌはクレヲの元から離れていった。その途端、強烈な朝の日差しがクレヲの顔に降り注ぎ、目がチカチカした。

起き上がってあくびをし、のそのそと寝袋から抜け出す。抜け殻《がら》の寝袋を、空気を抜きながら丁寧《ていねい》に丸めて、ふと思った。

（さっきのロザリーヌ……もしかして、日陰を作ってくれてたのかな……？）

直接尋ねる勇気はない。蔓《つる》を伸ばして木の実をもぐロザリーヌをそっと見つめた。少女の背中は——きっとあの歌を口ずさんでいるのだろう——ゆらゆらとリズムを刻んでいた。今朝もご機嫌そうである。昨夜のやり取りで、しこりを残している感じではなかった。ほっと胸を撫《な》で下ろす。

木の実で軽く朝食を済ますと、クレヲは川の流れに水筒を浸し、新しく注いだ水をひと口飲んだ。冷たい水が果汁でべたつく喉《のど》を洗い流す快感に、さらにひと口、さらに……と我を忘れそうになる。が、あまり飲みすぎるとお腹《なか》を壊してしまいそうなので、もう我慢した。

「ねぇ、アタシにも貸して」ロザリーヌが手を伸ばす。

どうぞと水筒を渡すと、ロザリーヌは喉を鳴らして水を飲んだ。

ぷはーっ。「あぁ、美味《おい》しい。ぐびぐび飲めて、これはほんとに便利よねぇ」

クレヲが水筒で水を飲んでいるのを真似《まね》して以来、病みつきになったようだ。

一方、自分の唇とロザリーヌの唇が水筒を経由して間接的に触れ合っているという事実は、未《いま》だにクレヲの頰《ほお》を、耳を、ぽっと火照《ほて》らせた。

（なっ……なに照れてんだよ。相手は魔獣なんだぞ。人間、食べちゃうんだぞ……っ）

自分でも御しがたい甘酸っぱい感情を追い払うように頭を振り回す。

視線を感じた。

「また顔、真っ赤ね。どうして赤くなったのかしら。冷たい水を飲んだから？」

ロザリーヌが不思議そうにクレヲの顔を見ていた。目が合った。

「やっ、そ……そうかもしれませんね」

アハハハと笑ってごまかし、川縁にひざまずいて、頭から水をかぶるような勢いでざぶざぶと顔を洗った。

ロザリーヌは首をかしげつつ、

「人間って、なんだか面白い」

そっと呟《つぶや》き、目を細めた。

うくくっと笑った。

クレヲは気づかなかった。


寝てる間にかいた汗を十二分に洗い流してから、クレヲはようやくひと息ついた。ずぶ濡《ぬ》れの顔を川風が撫でつけ、赤く火照っていた部分がひんやりと気化冷却される。まぶたの裏、眼球の奥までキュッと引き締まった。

クリアになったクレヲの視界が、あるものを捉えた。

「…………ぁアッ……アアアア～ッッ!!」

「うわわッ……な、なに！　どうしたのっ？」

クレヲの絶叫に、ロザリーヌは持っていた水筒を落っことしそうになる。

「あああアレ！　アレッ！」

クレヲの人差し指が力強く一点を指す。ロザリーヌの目が素早く動く。

「…………あっ⁉」

川向こうの少し離れた場所で、青い色の薔薇《ばら》が川風に揺れていた。

森の破壊者

1

エルカダは、かつて国境を守る砦《とりで》として始まり、冷戦状態だった隣国との国交が正常化して以来、貿易都市として急速に発展を遂げた町である。

十年前は二つしかなかった出入り口の門も、今は五つになった。さらに増やす計画もすでに上がっている。商人、職人、冒険者、果てはマフィアまで、様々な人間がこれらの門をくぐってやってくる。今なお発展途上のこの町は、多くの人間の夢と欲望を飲み込んでさらにふくれ上がっていく。

この町で最も古い建造物〝カール・マスタングフス大正門〟から続く大通りは、今日も朝市の活気に包まれていた。その喧騒《けんそう》から逃《のが》れるように、裏通りの一つに足を踏み入れると、そこに〝双子《ふたご》の火吹き竜亭〟の小さな看板はあった。

朝だというのに店内は薄暗い。背伸びをしたがる町の少年たちを、〝中に入る勇気があるのか？〟と脅しているかのようだ。そんな暗い店内の一角、ランプで照らされた情報掲示板の前に二人の男が立っていた。片方の、藍色《あいいろ》のマントをまとった男が、眼光鋭く一枚の紙をじっと見つめていた。

〈捜索依頼――成功報酬《ほうしゅう》二十万ゲル〉

掲示板には冒険者への様々な依頼が貼りつけてあったが、その中でダントツの高額だ。

ドスン、ギシギシと床板を軋《きし》ませながらやってきた大柄な女主人が、ドスの利《き》いたしゃがれ声をかけてきた。

「やんのかい、その依頼」

「やんなら無駄足覚悟で行くんだね。だだっ広いクランベラの森で行方不明になったガキを捜してくるんだろ。とっくに獣の餌《えさ》になってるんじゃないかい？」

マントの男は鋭い視線のまま、ゆっくりと女主人に顔を向ける。

「〝やんのか？〟と問われれば、答えは〝やらねぇ〟だ」

フンと鼻を鳴らし、わざと大きな声で続けた。

「俺たちは狩猟者だ。なんでも屋じゃねえんだ。人捜しなんかにゃあ興味ねぇよ」

その瞬間、店中の剣や斧《おの》を持った男たちが、一斉にマントの男をじろりと見据えた。〝なんでも屋〟とは、金次第でどんなことでもやる冒険者を皮肉った、侮蔑的俗語《スラング》である。

マントの男は、しかし視線の集中砲火にもまったくひるまず、一番近くに座っていた眼帯の長剣使いを逆に睨《にら》み返した。

「ああ？　なんか文句あんのか？」

眼帯の男の顔が〝え、なんで俺だけっ？〟と歪《ゆが》み、ばつが悪そうにさっと視線を外す。うわずった声で「お、おかみさん……金、ここ置いとくから」と言い、小銭と食べかけの皿を置いて逃げていった。ほかの者たちも、叱《しか》られた子供みたいに肩をすぼめてうつむいてしまった。

このマントの男がどれだけ危険か、どうやら皆知っているようである。

「けっ、腰抜けが」

「おい、よせよ、カルナック。みんなせっかく朝のひとときをくつろいでいたのに。……悪いね、どぉも」

マントの男の隣にいたもう一人の男、頬《ほお》に大きな傷痕《きずあと》のある弓使いが、縮み上がって気まずそうにしている客たちに愛想よく笑いかけた。そして女主人に〝気まぐれ豆スープ〟を注文する。「お前は？」と、マントの男を促す。

「俺は朝はベーコンエッグしか食わねぇ」マントの男は不機嫌そうに答えた。

「ああ、ああ、わかってるよ。一応聞いてみただけだって。――じゃあ、それで」

「……飲み物は？」

マントの男に負けないくらい無愛想に女主人が言う。頬に傷痕のある男は、ちらりと相棒の顔を見た。マントの男は眉間《みけん》に皺《しわ》を寄せ、もはや他人事のようにそっぽを向いている。

頬に傷痕の男は苦笑いしながら指を二本立てた。「水を、二つ」

女主人の大きな鉤鼻《かぎばな》がフンッと荒々しく鳴る。顎《あご》の先で空いている席を指して、ドスドス、ギシギシと厨房に去っていった。

マントの男は舌打ちし、頬《ほお》に傷痕《きずあと》の男がそれをなだめて、二人は席に着いた。

先ほどの眼帯の男が座っていたテーブルには、食べかけの皿がまだ残っている。気まぐれ豆スープ。気まぐれといっても、その時期に最も安く仕入れられる豆をただ煮込んだだけのものである。この店のメニューの一番下に書かれている、一番安い料理だ。ちなみに二番目に安い料理はベーコンエッグである。

頬に傷痕の男はため息を一つこぼし、向かいに座る相棒に話しかけた。

「なぁカルナック。俺はな、人捜しも悪くはないと思っている。――たまにはな」

手のひらを突き出し、怒りをあらわに身を乗り出そうとする相棒を制して、頬に傷痕の男は続ける。「でもな、場所が悪い。クランベラの森には〝森の破壊者〟が出るらしいぜ。御鏡《ミカガミ》ノ亀《カメ》を捕りに行った密猟者が出くわしたそうだ」

「マジか?」マントの男は驚きに目を見開く。「じゃ、なおさらお断りだ」

ギィシッ。背もたれに思い切り背を預け、粗末な作りの椅子が悲鳴を上げた。

「……でもなぁ、カルナック」壁にかけられたメニューを見ながら、頬に傷痕の男は言う。「お前は毎日ベーコンエッグでご機嫌だろうが、俺はたまには……メニューのもっと上のほうに載っているものが食べたいよ」

ロザリーヌはまず、蔓《つる》を使ってクレヲを持ち上げ、対岸の河原まで運ぶ。川幅は二十メートルほどで、流れは緩《ゆる》やかだが、真ん中辺りはかなりの深さがありそうだった。彼女の蔓に身をゆだねるクレヲは、足下を流れる大量の水を見て、背筋が薄ら寒くなる。クレヲは泳げない。

その後ロザリーヌは、七、八本の蔓で自分の体を宙に支え、蜘蛛《くも》のように川を横断した。

たどり着くなり、感動のため息を漏《も》らす。

「……綺麗《きれい》……」

それ以上は言葉にならないようだ。クレヲも、ただ頷《うなず》くことしかできなかった。

透き通るような、それでいて鮮烈な青が、朝の光を浴びて宝石のように輝いている。

青玉薔薇《サファイアローズ》と呼ばれるゆえんである。

河原から上がった場所の、川に沿って十メートルほどの範囲に、クレヲの胸まで届くくらいの青い薔薇《ばら》が咲き乱れていた。そよ風に吹かれ、踊っていた。

一息吸い込むと、濃厚な香りが鼻腔《びこう》を突き抜ける。後頭部がじーんと痺《しび》れて、思わずまどろんでしまいそうになった。慌てて頭を振り、頬《ほお》をぴしゃぴしゃと叩《たた》く。

(なぜだ？　基軸石の反応はここじゃないはず)

崖《がけ》を迂回《うかい》するためにルートを外れたのだ。ここがゴールのわけがない。懐《ふところ》から魔法のコンパスを出して確認してみる。青い薔薇の生えている端っこまで歩いてみたが、針はまだその先を指していた。やはり、ここが本来の目的地ではないのだ。

（まぁ、青い薔薇の咲いている場所が一か所とは限らないからな。たまたま運がよかったってことか）

これだけ広大な森だ。一つの種類の植物が、複数の場所に群生していても、なんら不思議はない。クレヲの魔法のコンパスと対になる基軸石、それをこの森に埋めた者は、そのうちの一つの場所を知っていたのだ。そしてそれはここではなかった。それだけのことだろう。

（なんか騙《だま》されたような気もするけど……まぁ、いいか）

この絶景を前にすれば、もはやどうでもいいことのように思えた。

しばらくしてロザリーヌの口が動きだす。興奮気味に、徐々に加速していく。

「すごい……こんな綺麗な花、初めて見たわ。……ねぇ、すごいよね。ねぇ、アタシのおうちの薔薇も青くできないかしらっ、ねぇっ」

ねぇねぇっ、と言いながら、クレヲの肩をつかんで激しく揺する。

「わっ……ちょっ、ちょっと……無理っ、ですよっ……そんなのっ」

揺さぶる手がぴたっと止まり、ロザリーヌは上目遣いでクレヲを見つめた。

「……ダメなの？　どうしても……？」

寂しげな、誰かが拾ってくれるのを待っている子犬のような眼差《まなざ》し。魔獣とはいえ、女の子にそんな顔をされるのは初めてで、うぶなクレヲ少年の心は激しく動揺した。

「そ、そう言われましても……」

心苦しくも首を横に振ると、少女の肩ががっくりと垂れ下がった。

クレヲは、こういうとき、なんと言うべきかわからなかった。でも、なにか言わなければいけないのはわかっていた。これでも一応、名家の生まれ。紳士《ジエントルマン》の端くれなのだ。

「その……えっと……しょうがないですよ。青い薔薇《ばら》が見たくなったときは、またここに来れば――」

「そんなの嫌《いや》ッ！　見たいときにすぐ見たいの！」

うなだれていたロザリーヌが、がばっと顔を上げて叫ぶ。クレヲは一瞬言葉を失った。

「…………い、いや、お気持ちはわか」「やだやだやだっ。欲しいの、青い薔薇っ。おうちに欲しいっ。欲ぉしいいい～っ！」

レインコートの裾《すそ》から大量の蔓《つる》が飛び出す。ロザリーヌが地団駄を踏むと、それに合わせるように高く振り上げられ、鞭《むち》のごとく地面に叩《たた》きつけられた。切り裂かれた空気の悲鳴と打擲音《ちょうちゃくおん》が入り乱れ、打たれた地面はみるみるえぐれていく。

「ねぇ欲しい欲しい欲しい欲しい欲しいっ、なんとかしてよぉ～！」

ロザリーヌは再びクレヲを揺さぶった。悪路を走る馬車より揺れた。もうちょっとで、鼻血を出して失神しそうになる。

そのとき、なにかがふっと脳裏をよぎった。

すかすかの財布《さいふ》をひっくり返して振ったら、コインが一枚ぽろっと——みたいな閃《ひらめ》き。

（…………！）

蘇《よみがえ》る記憶のワンシーン。今でもはっきりと思い出せるあの笑顔で、ヨーゼフが笑っていた。

傍《かたわ》らには、黄色とオレンジの二色の花を咲かせた薔薇が。記憶の映像は、短いほんの一瞬で終わってしまったが、彼は確かにこう言っていた。

『この方法で、一本の幹から二色の薔薇を咲かせたんでさァ』

「……あ……ア……っ！」

虚《うつ》ろな瞳で過去を見つめながら、クレヲは思わず叫んでいた。驚いたロザリーヌは、クレヲを揺さぶる手を止めた。

「えっ、なに？　どうしたの？」

クレヲは独り言のように呟《つぶや》いた。「……できるかも、しれないです」

「できるって…………薔薇を青くできるのっ？」

瞳に星を瞬《またた》かせたロザリーヌが、またもクレヲの肩を揺する。今しゃべると舌を噛《か》むだろう。クレヲは両手で〝待った〟とジェスチャーし、揺れが収まるまでひたすら耐えた。

「どうなの？　ねぇ、できるんでしょう？」

「……赤い薔薇《ばら》を青くすることは、さっきも言いましたけど無理です」

揺れが再開しそうな気配を察し、改めて両手で待ったをかける。

「でも、赤い薔薇の幹から、この青い薔薇を咲かせることはできるかもしれません」

「幹……って、なに？　どういうこと？」

「この部分です。赤い薔薇のここに青い薔薇をくっつけるんです」

幹を指してそう告げると、ロザリーヌの頬《ほお》がぱぁっと紅潮する。

「できるの？　そんなことが――っ」

少女の熱い眼差《まなざ》しにプレッシャーを感じつつ、クレヲは頷《うなず》いた。

「〝接《つ》ぎ木〟という方法があるんです」

3

接ぎ木とは――二つ以上の植物を、人為的に作った切断面で接合し、一つの個体にする技術のことである。クレヲは必死に記憶をたぐり寄せてロザリーヌに説明した。
グラント家の庭園には、二色の花を咲かせる薔薇がある。生前、ヨーゼフが接ぎ木で作ったのだ。クレヲはこの黄色とオレンジの組み合わせが気に入って、何度も写生した。その横でヨーゼフが「次はどんな色の組み合わせがいいですかィ？」と嬉《うれ》しそうに言っていた。ニィッと笑い、真っ白な歯が光っていたのを今でも覚えている。

そのときに、接ぎ木の説明もしてくれたのだ。

「つまりこの青い薔薇の幹を切って、ロザリーヌのおうちの赤い薔薇にくっつけるんです。でも絶対に成功するわけじゃありませんよ。むしろ失敗する可能性のほうが高いと思います」

なにしろ、簡単な説明を聞いただけなのだ。それも何年も前の話だ。記憶があやふやになっている部分もあるかもしれない。そして一番の問題は、クレヲが園芸についてド素人《しろうと》だということだ。成功の見込みは薄い。

しかし、そんな言い訳じみた前振りにも、彼女の期待はまったく揺るがなかった。興奮し、鼻の穴を膨《ふく》らませて、甲高《かんだか》い声を上げる。

「でも成功するかもしれないんでしょう？　じゃあやってみて！　お願い！」

詰め寄って、クレヲの手を握り締める。握手という行為を彼女が知っていたのかどうか、それはわからない。ただその手には、期待の大きさを表すほどの強い力が込められていた。

クレヲの胸に、手を握られた照れ臭さと、それを大きく上回る後悔の念がよぎった。

過度に期待をされても困るのだ。だから失敗する可能性のほうが高いと言ったのに。しかし、その台詞《せりふ》は彼女に正しく伝わらなかったようである。今のロザリーヌの瞳には、

『きっとうまくいくに違いないわ！』

という思い込みがありありと表われている。

これを裏切ったら、もし失敗したらどうなるだろう。高い期待は大いなる失望に変わり、やがて激しい怒りへと転化するかもしれない。いや、充分にありえることだ。

(そうなったら……きっとただじゃすまないぞ)

ぶるっ、と身震いした。

「ねぇっ、じゃあ切ればいいのね？　力仕事は任せてっ」

ロザリーヌはもう待ちきれないとばかりに、薔薇《ばら》の幹に蔓《つる》を巻きつけて引きちぎろうとした。クレヲは慌ててそれをさえぎる。

「あっ、待ってください。ちゃんと芽がついてるのを選ばないと……。あと切断面はなるべく綺麗《きれい》なほうがいいでしょうから……」

切断面？

「あ………ッ」

クレヲはあと少しで叫んでしまうところだった。

失敗したらどうしようと、そのことばかりを考えていた。それ以前の、もっと大きな問題を抱《かか》えていることに、今やっと気づいたのだ。

接《つ》ぎ木は、綺麗に切り落とした切断面同士をくっつけ合う。力任せに引きちぎるなどもってのほかだ。つまり刃物が必要なのだ。

クレヲが持っている刃物といえば、緋緋色鉄《ひひいろてつ》の剣――ロザリーヌが「大ッ嫌い！」と言ったこの剣しかない。

（しまった、ど……どうしよう……っ？）

さーっと血の気が引く。顔色が、華麗に花咲く青い薔薇の花弁と同じになった。

恐る恐る彼女に目を向ける。

不思議そうな顔でロザリーヌもクレヲを見ていた。

「どうしたの？　今日は顔が青白いわよ。赤くなったり青くなったりするのね」

めまいと同時に、生え際の辺りで溜《た》まっていた汗が額をつーっと流れた。クレヲは気づかれないように急いで指で拭《ぬぐ》う。

「えっ……そ、そうですか？　いやぁ……なんなんでしょうねぇ、ハハハ……」

「やっぱり自分でもわからないの？　不思議ね。で、どうする？　アタシなにすればいい？」

少女は無邪気に問うてくる。

どうする？

あくまで剣のことはひた隠し、幹を切る道具がないからやっぱり無理ですと言おうか？　しかしロザリーヌの怒りは免《まぬが》れないだろう。

だったら期待させるようなこと言わないでよ！　と。

ならばいっそこのままロザリーヌに幹をちぎってもらい、ズタズタの切断面同士を接ぎ合わせてみようか？　接ぎ木は間違いなく失敗するだろうが、少なくとも今この場はやり過ごすことができる。それにもしかしたら、やるだけやってうまくいかなかったのだからと納得してくれるかもしれない。

（そのときはいかにも悔しそうに、僕も残念ですとばかりの演技をして……）

自分にできるだろうか？　いや、やるしかないのだ。

さっと視線を走らせて、芽が出ている枝をいくつか選び、答えを待っている少女に思い切って告げた。

「あの……じゃあこれとこれとこれと……あとこれをちぎってください。お願いします」

「これとそれと……ええと、これ？」

クレヲの指差す先を、ロザリーヌは慌てて目で追う。

「これと……あとこれね。うんっ、わかったわ！」

にこやかに返事をすると、二本の蔓《つる》を伸ばし、幹の棘《とげ》と棘の間に器用に絡めていった。

（これでいいんだ。これで……）

クレヲは黙ってその様子を眺める。

だが。

（これで……これで本当に……いいんだろうか？）

どうしても拭《ぬぐ》い去れない思いがあった。その思いが胸中をかき乱す。

ロザリーヌは美しい朝日に魅せられて〝おうち〟を今の場所に移動したのだという。また今、薔薇《ばら》の花の美しい青に心奪われ、これを毎日愛《め》でたいと願った。綺麗《きれい》なもの、美しいものをなにより好む性格のようだ。それは魔獣である彼女と人間のクレヲが理解し合える、数少ない共通項だろう。

それを裏切っていいのだろうか？

それにクレヲとロザリーヌは、二十四時間ほとんど一緒なのだ。リュックに隠した緋緋色鉄《ひひいろてつ》の剣が見つかってしまうのも時間の問題かもしれない。

（だったら、それなら……！）

ロザリーヌが「せーのっ」とかけ声を上げる。

その瞬間、クレヲは叫んでいた。

「まっ……待ってくださいッ！」

「えっ、な、なにっ？」

ロザリーヌはびくっと動きを止め、突然大声を出したクレヲのほうへ顔を向けた。

4

クレヲは父が苦手だった。しかし〝嫌い〟とはちょっと違った。クレヲにとって父はあまりに恐ろしく、〝嫌い〟という敵意を向けることすらできなかった。

父の、夜寝ている間もなくならないのではないかと思われる眉間《みけん》の深い皺《しわ》を見るたび、心臓を太い鎖で締めつけられているような気分になる。

鞭《むち》などなくても、あの四六時中不機嫌そうな眼差《まなざ》しが自分に向けられていると感じるだけで、クレヲには耐え難い拷問《ごうもん》だった。だからクレヲは、父の前では常に奴隷《どれい》のように従順だった。顔を伏せ、一秒でも早く父の言葉が終わるのをじっと待つ。親子の会話に必要な言葉は〝はい、わかりました〟と〝すみません〟――この二つだけだった。

今クレヲは、あのときと同じような苦しさを感じている。

鎖に縛られ、重たくなった心臓が、肺や胃をぐいぐいと圧迫しているようだった。吸っても吐いても息苦しい。さっき食べたばかりの木の実を戻してしまいそうだ。

だが今は、従順な奴隷になってやり過ごすことはできない。ロザリーヌが目を丸くしてクレヲの言葉を待っているのだ。クレヲが口を開かねば、泥の中を泳ぐような、鈍重なこの時間の流れは前に進んでくれない。

「……なによ、今度はどうしたっていうの？」

クレヲが口をつぐんだままなにも言わないので、ロザリーヌの目が怪訝《けげん》そうな――若干、不機嫌そうな――色に変わった。もうこれ以上、逡巡《しゅんじゅん》している時間はない。からからに渇いた喉《のど》で、蛙《かえる》の鳴き声のようなひび割れた声をひねり出す。

「前に……剣は嫌いとおっしゃってましたよね」

「…………はぁ？」

ロザリーヌにしてみれば、あまりに突拍子もない質問だろう。ぽかんとした顔で、しばらく言葉を失っていた。やがて戸惑いつつ、

「……言ったわ。剣は嫌いよ。それがなに？」

突然の質問の意図を探るようにクレヲを見つめる。

針のように突き刺す視線に耐えつつ、クレヲはのそのそとリュックを下ろして口を開けた。

「すみません、実は僕……持ってるんです」

悪意のないことを少しでも表そうと、柄を彼女のほうへ向けて緋緋色鉄《ひひいろてつ》の剣を差し出す。

「あッ……！」

ロザリーヌが叫んだ。

「それ、け、剣じゃない……!!　え、持ってたの？　ど、どうして？　どうして今まで言わなかったの？　もしかして……隠してたの？　アタシを、ずっと、騙《だま》してたのっ？」

かつて彼女が言ったとおりに、剣を見た途端、少女の目が怒りをあらわにしてキリキリと吊り上がった。

「どうなのよッ？」

右足で地面を打つ。ズンッと、激しい音と共に地面が震えた。少女の怒気に、大地も怯《おび》えているようだった。地面の揺れはすぐに収まったが、クレヲの体の震《ふる》えは、いつまでもカタカタ

と止まらなかった。

「……そ……それは……」

「なにっ？　はっきり言いなさいよ！」

また、ズンッ！　クレヲは腰が抜けたようにへたり込む。

「それは、だから…………見るのも嫌《いや》だとおっしゃっていたので……」

「アタシが？　えぇ言ったわ、だからなによ！　アタシのせいだって言うの？　アタシが悪いって、そう言うのっ？」

「い、いいえっ、そういう意味じゃなくて……！」

「じゃあなんなのよ？　アタシが悪いんじゃないって言うんなら、やっぱりクレヲが悪いんじゃないの！」

「えぇっ……？」強引な理屈にクレヲは困惑する。「いやっ……どっちが悪いとかじゃなくてですね……」

「どっちも悪くないって言うの？　じゃあどうしてアタシはこんなに苛々《いらいら》しなきゃなんないの？　誰のせいだってのよ！」

「そ……それはその…………つまり……」

クレヲが答えに窮すると、せっかちに業《ごう》を煮やしたロザリーヌは、言葉を叩《たた》きつけるようにこう叫んだ。

「……もういい、聞きたくない！　クレヲなんてもう知らないッ！」

ぷいっと向きを変え、ロザリーヌは河原に下りた。背中の蔓《つる》を伸ばし、来たときと同じようにして向こう岸へと進む。クレヲはカタカタ笑う膝《ひざ》に気合いを入れて、必死に彼女を追いかけようと川に飛び込んだ。

「ま、待ってください、ロザリーヌ……！」

「ついてこないでッ!!」

追っ手を振り払うように蔓の鞭《むち》がクレヲの鼻先をかすめた。ジュッと熱い衝撃が走る。クレヲは小動物の鳴き声のような悲鳴を上げ、後ろによろけ、流れに足を取られて、川瀬に尻餅《しりもち》をつく。胸の下辺りまでが水に漬かった。

「あっ……」

振り返ったロザリーヌが呟《つぶや》く。クレヲの鼻梁《びりよう》に赤く血が滲《にじ》んでいた。ロザリーヌは一瞬、罪悪感に襲われたような顔をしたが、

「つ……ついてこないでってって言ったでしょ！」

そしてもう振り返らず、川を渡って去っていってしまった。

ずぶ濡《ぬ》れのクレヲは、川の中に座り込んだまま――途方に暮れた。

5

川を渡ったロザリーヌは、自分が踏み荒らして作った道を逆に進んでいった。

墓石のように無言、牛のようにのろのろ。

ふと立ち止まり、近くの低木の陰に蔓《つる》を忍び込ませる。気配を感じたのだ。なにかはわからないが捕まえる。引き抜いた蔓の先には、十五センチほどの男爵蛙《ダンシヤクガエル》が縛られていた。ロザリーヌはそれを自分の顔の前に引き寄せる。

「ねぇ、アタシ、ロザリーヌっていうのよ。あなたはなんて名前なの？」

脚をバタバタさせて、吊られた男爵蛙はゲコッと鳴いた。

「ゲコ？　あなた、ゲコって名前なの？」

男爵蛙はもう一度、ゲコッと鳴いた。

「ゲコっていうのね。ねぇゲコは、絵――」

ゲコッ。

「……まだアタシが話してる途中よ。ねぇゲ――」

ゲコッ、ゲコッ。

ロザリーヌは眉根《まゆね》を寄せて睨《にら》んだが、男爵蛙はいつまでもゲコッゲコッと鳴き続けた。前脚、後ろ脚で宙をかき、蔓がぶらぶらと揺れる。

「…………もういい。あんたなんかいらない」

ロザリーヌは男爵蛙をぽいっと投げ捨てる。解放された男爵蛙は、ゲコッと鳴いて一跳びし、茂みの中に消えた。

「………………」

ロザリーヌは歩いてきた道を振り返り、ぼそりと呟《つぶや》く。

「ねぇ……聞いていい？」

しばらくして、頭の中で声がした。

『私に言ってるの？』

「……ほかに誰がいるのよ」

『そうね。あなたが私に話しかけるのは一週間ぶりかしら。で、なに？』

ロザリーヌは後ろを見つめながら尋ねる。

「あなたは……クレヲが剣を持っているって気づかなかったの？」

ホンノーが答える。

『ええ、そうね。でもこの森に、なんの武器も持たずに人間が入ってくるなんて考えにくいとは思っていたわ』

「えッ……！　そ、そういうことはちゃんと教えてよ！　あなたまでアタシに隠し事ッ？」

声を荒らげるロザリーヌ。しばらくしてホンノーは言った。

『ひょっとしたら持っているかも？　くらいに思ってただけよ。ただの勘ね。それを言って、もし違ってたら、またあなたは私を笑うでしょう？』

「……なによそれ。この間のこと、まだ怒ってるの？」

『別にィ。そんなのじゃないわ』

白々しい口調でそう言い、しかしすぐに無感情な声に戻って、ホンノーは続ける。

『たとえ剣を持っていたとしても、あの人間ならたいした危険はないと思ったからよ。もしあなたにとって危険なら、どんなに嫌《いや》がられようと笑われようと、私はあなたに必ず忠告するわ。ところで、私も一つ聞いていい？』

「……なによ？」

『どうしてあの人間を食べなかったの？　もう飽きちゃったんでしょう？　食べればよかったのに』

「えっ、そ、それは……」

ロザリーヌの口が、ばつが悪そうにぐっと結ばれる。ホンノーはもう一度、どうして？　と答えを促した。

「それは……だって、クレヲなんて、全然美味《おい》しくなさそうだもん。いいじゃない、なにか文句あるっ？」

なにかをごまかすみたいにロザリーヌは虚勢を張る。

ホンノーの声が、変わらず無機質に言う。

『文句はないわ。今は食べ物に困る季節でもないしね。ただ、それでももったいないと思って。もう今頃は、別の獣の餌《えさ》かしら』

「えっ……」

『右側の木を見てみなさい。ほら、表面が剝《は》がれてるでしょう』

言われたとおりに見ると、一本の木の表皮の一部が、無惨に削られていた。鋭く尖《とが》ったなにかで、何度もひっかいたという感じである。

『あれはここを縄張りにしている獣がつけた跡よ。あなたの身長の倍くらいの高さについているから、かなり大きな奴みたいね』

ロザリーヌの顔がこわばる。

『もしかしたら、とっくに私たちに気づいていて、遠くからじっと様子をうかがっていたかもしれないわね。で、やっかいそうなあなたがいなくなって、いかにもひ弱な人間が一匹残された。どうなると思う？』

「そっ……そんなの、またあなたの勝手な想像でしょっ！」

『まぁ、そうね。でもはっきりしていることはあるわ。あの人間に、この森でたった一人で生きていく能力はないわ。運が味方をしてくれているうちに森の外までたどり着けなければ、確実に命を落とすわね』

ロザリーヌの唇が、ふるふると震《ふる》えた。

「命が、落ちるって……どういうこと？」

『前に教えたことなかったかしら？　つまり、死ぬってことよ』

ざわっ。

突風が吹き、不穏な葉ずれの音が、ロザリーヌの胸中を駆け抜けていった。

死。

それはロザリーヌもよく知っていた。死とは、手足がだらんとして、排泄物を漏《も》らして、目も口も動かなくなることだ。そして次第に、岩のように硬く、冷たくなっていく。

ただの肉の塊になるのだ。

ロザリーヌは向きを変え、放たれた矢のように走りだす。今来た道を逆走する。地面に散乱した茂みの残骸《ざんがい》を再びバキボキと踏み潰《つぶ》し、朽ち果てた倒木を一跳びで越えた。

ホンノーが淡々と問う。

『なぜ戻るの。あの人間のことはもういいんじゃないの？　だから置いてきたんでしょう？』

「どうしてって？　アタシにもわからない！」

乱れる呼吸に喘《あえ》ぎながら、ロザリーヌが叫ぶ。

「でも戻らなきゃって……戻らなきゃって、頭の中で誰かが言うの！　ホンノー、あなたじゃないのッ？」

ガサガサッ。

ベキボキッ。

ザッ。

ロザリーヌは大きな崖《がけ》の前に出た。この崖に沿って下りていけば、青い薔薇《ばら》の咲く河原はもうすぐだ。ホンノーの声が響く。

『私じゃない。それはきっと、あなたの本心が言っているのよ。だとしたら急ぎなさい。もし間に合わなかったら、あなたはとても後悔することになるわね』

勢いのついたロザリーヌは急には曲がれず、断崖《だんがい》ぎりぎりのラインでカーブする。それでもスピードは一切緩《ゆる》めない。衝撃で崖の縁がバラバラと崩れ、渓谷の底に飲み込まれていった。

「後悔って……ねぇっ……それ、なんだっけッ？」

荒い呼吸の合間を縫って、ロザリーヌは問う。ホンノーは答える。

『思い出に苦しめられることよ。後悔が大きければ、きっと死ぬまで苦しみ続けるわ』

「そんなの嫌《いや》ッ！」

ロザリーヌは一声吼《ほ》えると、下りの勢いを借りて、限界まで加速した。

6

川縁にクレヲはうずくまっていた。

悪い夢を見ているようだった。目の前の現実に実感が湧《わ》かない。熱でもあるみたいに全身がだるく、立ち上がれなかった。

抱えた膝《ひざ》に顔を埋《うず》めるようにして、うなだれる。

クレヲは今、泣く一歩手前だった。鬼の形相《ぎょうそう》のロザリーヌは――父ほどではなかったが――本当に怖かったし、ぐっしょり濡《ぬ》れて太ももに張りついてくるズボンは、小さい頃のお漏《も》らしの記憶を呼び覚まして不快を煽《あお》る。

しかし、だから、ではない。そんなことで泣きそうになっているわけじゃない。

接《つ》ぎ木の作業をするときは必ず剣を使う。そしてロザリーヌは間違いなくその作業を見たがるだろう。ロザリーヌの願いを叶《かな》えようとすれば、剣の存在がばれるのは必定《ひつじょう》なのだ。

それでもクレヲはロザリーヌの願いを叶えたかった。

そのために勇気を振り絞った。「剣を持っています」と、彼女に誠意を捧げたのだ。

その結果がこれだった。

結局、この世界は、正直者が馬鹿を見るように出来ている。それが悲しかった。

しばらくの間、絶望という名の崖《がけ》っぷちをふらふらとさまよった。

だが、やがて川の流れるざーざーという音が耳障《みみざわ》りになってきて、クレヲは顔を上げる。

（これから、どうしよう……）

この期《ご》に及《およ》んでも、やっぱりまだ死にたくはないようだった。しかしロザリーヌの庇護《ひご》を失った今、死はもう彼のすぐ後ろまで迫っている。助かりたいなら一刻も早く動きださねば。

（川に沿って歩いていく……か？）

この川が必ずしも森の外に通じているという保証はない。だが、川沿いに歩けば、方角を見失って同じ場所をぐるぐるとさまようようなこともない。しかも飲み水だけは常に確保されているのだ。悪くない、と思った。

（そうだな。……よし、そうしよう）

決意を両の脚に伝えて力強く立ち上がる。

地面にころがっていた緋緋色鉄《ひひいろてつ》の剣を拾い上げて、ふと思った。

（そうだ、せっかくだから青い薔薇《ばら》を何本か持っていこう）

父親から見放された自分だが、少なくとも青い薔薇の咲く場所まではたどり着けた。〝青い薔薇の試練〟の半分は達成できたのだ。その証《あかし》が欲しかった。

無論、家を継ぐ気はない。もし生きて森の外まで出られたら、この青い薔薇をヨーゼフの墓前に手向《たむ》けようと思った。そういうモチベーションがあれば、生還できる可能性も高くなる。そんな気がした。

三本ほど、よさそうな枝を選んで緋緋色鉄の剣で切り取る。それを水筒に挿《さ》して、やるべきことはすべて終わった。

（じゃあ、出発だ）

リュックを背負い、下流に向かって歩きだす。

がしゃ、じゃらっ。河原の石を踏みしめる足が、数歩進んでぴたっと止まった。

クレヲは振り返り、ロザリーヌが消えていった対岸の茂みに、じっと眼差《まなざ》しを送る。

心の中で、六十……五十九……五十八……とカウントダウンする。合いの手を入れるように、心臓がドクン、ドクンと高鳴る。

やがて、四……三……二……一…………。

もしかしたら戻ってきてくれるかも——そんな淡い期待の一分間だった。

クレヲの瞳が寂しげに曇る。小さく首を振って呟《つぶや》いた。

「さよなら……ロザリーヌ」

踵《きびす》を返して、再び下流へと足を向ける。

それからほんの数秒後のことだった。大砲の弾が水面に着弾したみたいな音が背後で上がり、首筋に水滴がぱらぱらと降りかかった。クレヲは勢いよく振り返る。

やっぱり！　戻ってきてくれたん——。

その目に映った光景は、しかしクレヲが心待ちにしたものとは違った。

巨大な獣が、川の中に立っていた。

熊だ。

ただの熊ではない。でかい。身の丈は三メートルを超えているかもしれない。そしてなにより前脚が四本ある。

六足火熊《ロクソクヒグマ》、またの名を〝森の破壊者〟。

熟練の剣士も逃げ出す、最も危険な魔獣の一種だ。

その魔獣が、ゆっくりとだが確実に、こちらに向かってくる。クレヲがゾッと凍りついている間に、巨体はどんどん水面からせり上がり、ついにぐしょ濡《ぬ》れの脚を重たそうに持ち上げて岸を踏んだ。

どちゃっ。がしゃっ。砂利《じゃり》が鳴る。

クレヲは相手を刺激しないようにゆっくりと後ずさりした。お互いの距離は今のところ十五、六メートルほど。六足火熊はこちらをじっと見ながら、のし……のし……と二本足で近づいてくる。上半身が、ゆらりゆらりと不気味に揺れた。

クレヲはさらに大きく後ずさりするが、それに合わせて六足火熊の歩みも早くなる。お互いの距離はもう十メートルほど。クレヲの理性はついに限界を超えた。

「…………ッ！」

恐ろしき魔獣にくるりと背を向けて走りだす。直後、六足火熊の足音が変わった。

どかかっ、どかかっ、どがちゃっ！

クレヲは本能的に理解した。六本足のすべてを使って走っているんだ！　足音は瞬《また》く間に大きくなった。音と、地面を揺るがす震動で、相手がもうすぐ後ろまで迫っていることを悟る。

次の瞬間、クレヲは悲鳴を上げていた。上げてどうなるというわけでもなかったが、そんな理性的判断はできなくなっていた。ただ意識とは関係なく、口が勝手に叫んでいた。

「うぁあああああああああああああああああッッ!!」


そのとき、川面《かわも》で轟音《ごうおん》が爆《は》ぜた。

川の真ん中で水柱が立ち上っていた。

大量の飛沫《しぶき》が、すさまじい勢いで四方八方に飛散する。

暴風雨のまっただ中に飛び込んでしまったかのよう。思わず目を閉じる。

全身になにかが絡みついた。

宙に放り投げられるような、崖《がけ》から真っ逆さまに落下するみたいな浮遊感。

ほんの一瞬の出来事。


……すとん。

気がつくとクレヲは地面に軟着陸していた。熊の化け物——六足火熊《ロクソクヒグマ》——はいつの間にか対岸に移動していた。いや、違う。自分が川を飛び越えたのだと理解する。

体中に絡みついていたものが、しゅるしゅるとほどかれていく。ロザリーヌの蔓《つる》。

彼女は川の流れの上に立っていた。先ほど水柱が上がった場所だ。

濡《ぬ》れた緑の髪からはとめどなくしずくが滴《したた》っている。レインコートからもだ。その裾《すそ》から、蔓が伸びて体を宙に支えていた。

ロザリーヌはちらりとこちらをうかがい、ばつが悪そうにすぐ目をそらす。

そして言った。

「……大丈夫？　怪我《けが》してない？」

クレヲの胸がカーッと熱くなった。

込み上げた喜びが声となって口から飛び出す。

「……は……はい！　大丈夫ですッ！」

ロザリーヌはもう一度、クレヲのほうに顔を向け、

「そう、よかった」

ほっとしたみたいに、ちょっとだけ微笑《ほほえ》んだ。

7

つまりこういうことだった。

崖に沿って猪突猛進していたロザリーヌは、眼下の河原で繰り広げられる絶体絶命の瞬間を目撃したのだ。

逃げるクレヲ、追いかける魔獣。

このまま崖《がけ》沿いに下り、川を横断していては、確実に間に合わないだろう。そして間に合わなければ、死ぬまで苦しむことになるとホンノーは言った。決意はすぐに固まった。

『飛ぶの？』

「飛ぶわ！」

崖の高さは二十メートルほど。

う……りゃあっ！　そしてロザリーヌは宙に躍《おど》った。


「あの……ありがとうございます……」

岸に上がってきたロザリーヌに、クレヲはおずおずと声をかけて反応をうかがう。二人の視線が触れ合うと、先に気まずそうに目をそらしたのはロザリーヌのほうだった。

「べ……別に、そんなんじゃないから！」

「………………え？」

ロザリーヌが自分を助けてくれたのは間違いない。それなのに〝そんなんじゃない〟とはどういうことだろう。クレヲは困惑して目を丸くしたが、答えを得る時間はなかった。

「いいから下がって。あいつ、来る気よ！」

鋭い声が警告する。ハッと見ると、六足火熊《ロクソクヒグマ》は六つんばいになってじりじりと後退していた。逃げるためではないとすぐにわかる。助走距離を確保しているのだ。

そして六足火熊は猛然と突進した。六本足による加速で瞬時に最高速度へと達し、巨体は砲弾のごとく跳ぶ。水平に近い放物線を描き、こちらの岸のすぐそばに派手に着水した。まるで宣戦布告のように、激しい水飛沫《しぶき》が二人を襲う。

クレヲは慌ててロザリーヌの後ろに隠れた。しかしロザリーヌは、眼球に水滴が飛び込んでも、まばたき一つしなかった。普段の彼女からは想像できない冷静な眼差《まなざ》しで、じっと敵を観察している。レインコートの裾《すそ》から十本あまりの蔓《つる》が伸び、獲物に跳びかかる前の蛇のように揺れ動いた。

そして六足火熊が岸へ上がる。しかし、すぐに攻めてこようとはしない。

やはりロザリーヌを警戒しているのだろう。

「足が六本あるけど、あれって熊よね。熊なら倒したことあるわ」

ロザリーヌが呟《つぶや》いた。

「……でも、まともに戦うと結構大変なのよね。熊って力あるし、しぶといし。攻めてこないなら、このまま帰っちゃおうかしら。ねぇクレヲ」

「そ、そうですね……」

敵の様子をうかがいながら、二人は後退の気配を匂わせる。

その直後、六足火熊の怒号が鳴り響いた。三メートルを超える巨体を見せつけるように二本足で立ち上がると、地響きを立てて近づいてくる。クレヲといえば、六足火熊《ロクソクヒグマ》の咆哮《ほうこう》を聞いた瞬間から、金縛りにあったかのように一歩も動けなくなっていた。顔面が恐怖に歪《ゆが》む。

しかしロザリーヌは笑った。

うくくくくっ。

まるで植物の芽が出るように、六足火熊の足下からロザリーヌの蔓《つる》が顔を出す。脚の裏側に蔓を隠しつつ、地面にもぐり込ませ、掘り進み、六足火熊がやってくるのを待っていたのだ。蔓は六足火熊の右足に勢いよく絡みつく。バランスを崩した六足火熊の左足にも絡みつく。両足を封じられ、あんよがまだまだの幼子《おさなご》のようによろけると、六足火熊は前のめりに転倒した。地面が揺れる。

さらにロザリーヌは、六足火熊に起き上がる隙《すき》を与えなかった。無数の蔓が我先にと伸びて、六足火熊の六足をことごとく縛り上げていく。あっという間に、動かせるのは頭だけという状態になった。

「よかった。前と同じやり方でうまくいったわ」

すべての足を縛られながら必死にもがく六足火熊を見て、ロザリーヌは満足げに目を細める。その後ろから、クレヲがそーっと顔を出した。

「ロザリーヌ、すでに罠《わな》を張っていたんですね。気づきませんでした」

「まぁね。黙って帰してくれるとは思えなかったから、前に熊を倒したときの方法を試してみたの。四本足でも六本足でも、やっぱり熊は熊ね」

　ロザリーヌは蔓をぐいと引っ張る。文字どおり、手も足も出なくなった六足火熊は、網にかかった魚のようにずるずると引きずられた。

「あとはとどめを刺しておしまい。こいつのお肉は美味《おい》しいかしら。楽しみね」

　赤黒い舌で口の周りをぺろりと舐《な》めるロザリーヌ。右手を高く振り上げる。少しずり下がったレインコートの袖口から大量の蔓が飛び出す。その数、およそ三十本。蔓は筋繊維《きんせんい》のように編み込まれ、たちまちのうちに直径が五センチを優に超えるほどの大鞭《おおむち》となった。一本の蔓でもクレヲの体を軽々と持ち上げるのだ。合わさることで動きの精密さは失われたが、代わりに得た破壊力は計り知れないだろう。


　六足火熊は、縛られた六本の足のうち、せめて一本でも解放できないかと、渾身《こんしん》の力を振り絞ってもがく。暴れる。だがその抵抗もむなしく、なすがままに引きずられていく。

　自分は今、危機的状況にある。そう判断せざるを得なかった。

〝危機〟とは？　すなわち〝死〟である。

　六足火熊の本能が叫んだ。

　――死カラ逃ゲヨ！

　――自分以外ノスベテヲ犠牲ニセヨ！

そして魔獣の顎《あぎと》が大きく開く。

8

再びエルカダの町。〝双子《ふたご》の火吹き竜亭〟にて。

ささやかな朝食を終え、コップに残った水をちびちびすすりながら、

……ハア。

頬《ほお》に傷痕《きずあと》のある弓使いは、やるせないため息を漏《も》らした。

テーブルの向かいには藍色《あいいろ》のマントをまとった相棒が。彼のコップはとっくに空《から》になっていた。その横にでんと足を置き、腰かけた椅子《いす》を斜めにゆらゆらさせている。彼は言った。

「なぁ、一本くれ」

食後の一服がしたいらしい。頬に傷痕の男は、苛立《いらだ》たしげにコップを置いて言った。

「お前なぁ、煙草《たばこ》の残りが少なくなったら、次の買って用意しとけよ。さもなきゃ、何箱か買ってストックしておけ――って、何回言わせる気だよ。いつもいつも俺を当てにしやがって」

しかし相棒には〝蛙《かえる》の面《つら》に水〟。平然と椅子を揺らしながら、「わかったわかった。あとで買っとくから、今くれ」と、横柄に手のひらを差し出した。

はぁ～っ。

長いため息のあと、頬に傷痕の男はバリバリと頭をかいて一言。「――ない」

「……あぁ？」

「もうないんだよ。おとといの晩飯のあと、最後の一本吸っちまった」

「最後のって……」マントの男はテーブルから足を下ろし、ちょっとだけ驚いたような顔で頬に傷痕の男を見た。「そんなに金ねぇのか？」

コップに残ったわずかな水を、頬に傷痕の男はぐいっと一気にあおった。

「――ない。お前だって同じだろ。いざとなったら俺にたかる気だったんだろうが、はっきり言っとくぞ。無理だ」

「………っ」マントの男は言葉を失い、身を乗り出したまま彫像のように固まる。やがてちっと舌打ちして、ずるずると椅子に身を沈めた。ボロ椅子が、ギシギシと耳障《みみざわ》りな音で軋《きし》む。

嫌《いや》な沈黙が続いた。

「なぁ……」しばらくして、先に口を開いたのはマントの男のほうだった。

「なんだよ」

「狩るか。森の破壊者」

「なっ……！」頬に傷痕の男はギョッと目を剝《む》いた。口をパクパクさせて、やっとのことで声が出る。「おいおいおい。狩るってお前、森の破壊者なんだぞ。わかってるのか？」

「あぁ。森の破壊者の毛皮はどえらい値段で売れるらしいぜ。爪も、牙《きば》も――知ってっか？

キンタマは長寿の薬の素になるんだと。棺桶《かんおけ》に片足突っ込んだ金持ちどもが、目の色変えて欲しがるぜ。ええ？　そしたら俺たちゃ〝貧乏よ、さようなら〟だ。〝カビくせぇボロ酒場よ、さようなら〟でもいいけどな。な、いい話だろ？」

「おいっ！」

ばんっ、とテーブルを叩《たた》いて、頬《ほお》に傷痕《きずあと》の男が声を荒らげる。よそのテーブルの客たちが、ビクッと縮み上がった。

「違うだろ、俺が言ってるのはそんなことじゃあない！」

「じゃあ、なんだい？　あんたのほうが仕事のえり好みをするなんて珍しいね、ドッグラン」

金の話に引き寄せられた店の女主人が、皿のかたづけを口実に、会話に割り込んできた。

「儲《もう》け話ならやりゃあいいじゃないか。うまくいきゃあ、あたしもベーコンエッグしか食わないケチな客のツラを見ないですんで、せいせいするよ。それとも――」

女主人は声をひそめる。「密猟かい？」

マントの男は邪魔が入ったことに露骨に不機嫌になり、再びテーブルにドカッと足を乗せると、唾《つば》の代わりに言葉を吐き捨てた。

「俺たちは密猟者じゃねえ。森の破壊者を狩っても法には触れねぇ」

「ハッ」女主人の鼻が鳴る。「だったらいいじゃないか。なにが問題なんだい。森の破壊者ってのは、ずいぶん物騒な名前だけど、そんなに手強い獲物なのかい？」

「いやいやいや――」頬に傷痕の男は、乱暴に何度もかぶりを振った。「手強いとか手強くないとか、そういう問題じゃないんだ。どんなに腕に覚えのある奴でも、森の破壊者と出合っちまったら、一も二もなく逃げ出さなきゃならない。それが暗黙のルールなんだ。〝触れるべからず〟なんだよ！」

バンッ！

もう一度、彼はテーブルを強く叩いた。最後の台詞《せりふ》はほとんど怒鳴り声だった。

女主人は目を丸くして黙ってしまい、それを見た頬に傷痕の男は、はっと我に返って、気まずそうに声のトーンを下げた。

「いや……つ、つまりだな……なぜかというと森の破壊者は……正しくは六足火熊《ロクソクヒグマ》というんだが……自分のピンチを感じると、その、火を吹くんだよ」

女主人の眉間《みけん》に深い皺《しわ》が寄る。「火……って、そんだけ？　火を吹く魔獣なんて、あんたたちにとっちゃ、そう珍しいもんでもないんじゃないのかい？」

「――辺り一面、火の海にしちまうんだ」

ばつが悪そうに頭をかいている相棒に代わり、マントの男が答えた。

「いいか、たとえ竜《ドラゴン》だってだ、火ぃ吹くときには周りに気を遣うぜ。自分の住み処《か》を燃やしちまったら元も子もねぇからな。俺みたいな火焔《かえん》魔法の使い手だって、もちろんそうだ。だが六足火熊は違う。辺り構わず何度も何度も火を吹いて、むしろわざと火の海にしてから、その炎にまぎれて逃げちまうんだと。そうやって、あちこちの森を渡り歩くんだ。だからこいつには天敵がいねぇ。うかつに手を出すと森が燃やされちまうからな。こいつも、ほかの生き物も、本能でそのことを知っているんだろうぜ。なぁ、えげつない魔獣だろ?」

マントの男はククッと笑い、椅子にふんぞり返る。椅子もキシシッと鳴った。

「ハァ、人間にもそういうのいるけど――」まぶたを数回しばたたかせ、女主人は肩をすくめる。「呆《あき》れるね。とんだ悪党だ」

「……だろう。だからだ」

冷静さを取り戻した頰《ほお》に傷痕《きずあと》の男が、ようやく口を開いた。

「みんな新人の頃に教わるんだ。もし森の破壊者と出合っても戦っちゃいけない。力の限り逃げるんだ。奴が口を大きく開ける前にな」

そして舞台は、クランベラの森に戻る。

六足火熊《ロクソクヒグマ》を引きずり寄せながら、あともう少し近づいたら、ありったけの力を込めた一撃を喰らわせてやろうとロザリーヌは思った。蔓《つる》の大鞭《おおむち》も待ちかねるように身をくねらす。

だが、悲鳴のような声が突然頭の中で響き、ロザリーヌは六足火熊を縛る蔓を危《あや》うく放してしまいそうになる。しかしその悲鳴は、まさしくそうしろと叫んだのだった。

『ダメ！　蔓をほどいて逃げて、早くッ！』

「ええっ？　な、なに言ってるのよ。せっかく捕まえ——」

このとき、六足火熊の口が不自然なほど大きく開いているのに、ロザリーヌも気づいた。

「……たのに……」

六足火熊の口の中、喉《のど》の奥が、洞窟《どうくつ》の底でランプがともっているように、ぼうっと不気味に光っている——のが見えた。

『よけてぇエエッッッ!!』

ホンノーの絶叫の直後、魔獣の口から、赤く燃える灼熱《しゃくねつ》の息《ブレス》が放射される。

9

ほんのわずかな時間。

一秒か、二秒、それしか猶予はなかった。その間に、蔓をほどいて炎の射程外まで逃《のが》れることは不可能だった。

敵が口からなにかを出そうとしているのはロザリーヌにもわかった。切羽詰まったホンノーの悲鳴から、それがとても危険な攻撃であることも理解できた。

だが、そこまでだった。与えられたわずかな時間が終わりを告げた。

魔獣の口の奥底から真っ赤な炎が噴き出す——。

「うぅりゃあぁぁぁっっ!!」

そしてロザリーヌは叫んだ。野性の勘ともいうべきものが彼女を突き動かした。

六足火熊《ロクソクヒグマ》の右後ろ足を縛っていた蔓《つる》だけを、あらん限りの力で引っ張る。うつぶせに倒れていた六足火熊の体は一八〇度回転し、口から吐き出された炎も回転に沿って横にスライドした。しかし炎は一瞬だがロザリーヌの足元をかすめる。ロザリーヌは苦痛に顔をしかめて、もう一度激昂《げきこう》した。

「このォオッ!」

振り下ろされた大鞭《おおむち》が、六足火熊の右足を鋭く打つ。打擲音《ちょうちゃくおん》と、魔獣の咆哮《ほうこう》が交差する。六足火熊は苦しげにのたうった。致命傷には至らなかったが、骨にひびが入る程度のダメージにはなっただろう。

一方、ロザリーヌも無事ではなかった。

「あっ、あちち、痛アいッ!」

すねの辺りに火傷《やけど》を負っていた。じたばたと悶《もだ》えるロザリーヌは、痛みに耐えかねて、六足火熊を縛っていた蔓を思わず緩《ゆる》めてしまう。六足火熊はその隙《すき》を見逃さず、力任せに自由になるや否《いな》や、這《は》うように走って、川の中に飛び込んだ。

しばらくしてようやく我に返ったロザリーヌは、苦痛と屈辱《くつじょく》を噛《か》み潰《つぶ》すようにぎりぎりと歯を鳴らす。身を震《ふる》わせる。

「……うぅ、アッタマきた！　絶対ぶっ殺すわ！」

怒りで顔を赤く染め、敵の背中を追って川に飛び込もうとした。しかし、

『待ちなさい！　これ以上、奴を追い詰めてはダメ！』

「!?」

まさかここで待ったをかけられるとは夢にも思わなかった。川辺の砂利《じゃり》を踏み鳴らしながら急停止し、止まると同時に猛然と抗議する。

「なっ、なに言ってるのよ！　すっごく熱くて、すっごく痛かったのよ！　まだ痛いわ！　きっとしばらく痛いわ！　あいつ、絶対許さない！」

感情を爆発させるロザリーヌ。それに対し、ホンノーはすでにいつもの冷静さを取り戻していて、いつもの口調でこう言った。

『気持ちはわかるけど、それだけですんだのが幸運だったと言わざるを得ないわ』

「えっ……？」

『ごめんなさい。〝六本足の熊〟ですぐに気づかなかった私が悪いの。森に棲《す》む生き物は、絶対に奴と戦ってはいけないのよ。それは私たちだって例外じゃないわ』

「な……なにそれ、どういうこと？」

『運が悪ければ、この森はおしまいだったってことよ。すべて燃えてなくなってしまうわ。運

というより、奴の気分次第なんだけど』

「……！」

おしまい。

すべて燃えてなくなる。

不穏な言葉に、ロザリーヌの心拍が乱れる。

「あいつが……燃やしちゃうって言うの？　だったら絶対逃がしちゃダメじゃない！　そうだ、あいつの足に蔓《つる》を巻きつけて、水の中に引きずり込んじゃいましょう。それならどんだけ火を吐かれても平気でしょ。溺《おぼ》れさせるのよっ」

『やめなさいッ！』

早速、蔓を川の中に伸ばそうとするロザリーヌを、ホンノーが一喝《いっかつ》した。本当に悪いことをした我が子を叱《しか》る母親のような、とても厳しい声だった。ロザリーヌの肩がビクッと震《ふる》え、蔓は水面に触れるか触れないかのところで止まった。

「だって、だって……」

ロザリーヌは、やはり叱られた子供のように、涙声で不満を表す。

『あなたの考えも悪くはないわ。でも自信ある？　絶対に川の中で仕留められる？　絶対に、よ？　失敗したら、運がいいとか悪いとかの話じゃなくなるわ。確実にこの森は燃やされてしまうわよ。いいの？』

ロザリーヌは口をへの字に曲げてうつむいた。反論の言葉は浮かばない。

『今なら、これ以上こちらに攻撃の意思はないと伝われば、奴もそこまではしないはずよ。だから、さぁ下がりなさい。蔓を引っ込めるの。早く！』

「………うう」

そうこうしているうちに六足火熊《ロクソクヒグマ》は川を渡りきった。ほうほうの体《てい》で岸に上がると、こちらを向いて様子をうかがう。全身にまだ緊張をみなぎらせているのが、川を挟んだこの距離でもよくわかった。

ロザリーヌは――不承不承《ふしょうぶしょう》――ホンノーの言葉に従い、ずるずると後ろに下がっていく。蔓も収める。河原の砂利を踏む音が、やがて土を、下草をこする音に変わった。そのうち一本の太い木に背中がぶつかり、それ以上は下がれなくなった。

六足火熊は微動だにせず、こちらを注視している。

『さぁ、もう帰りましょう。ゆっくりと、奴を刺激しないようにゆっくりそーっと、来た道を戻るのよ』

「えっ……。ねぇ、ちょっと待ってよ」

『なに？』

「まだ青い薔薇《ばら》を取ってないわ。持って帰って、おうちで咲かせるのよ」

『まだそんなこと言ってるのッ？』

再びホンノーの一喝。頭の中で怒鳴《どな》られると、拳骨《げんこつ》でおでこを叩《たた》かれたみたいな気分になる。ロザリーヌは思わず首をすくめた。

『あなたはその人間を助けに戻ってきたんでしょう？　そしてそれは成功したじゃない。だったらもうほかのことは諦《あきら》めなさい。あれもこれもと欲張ると、結局はすべてを失うわよ！　さあっ！』

その口調はもはや命令に近かった。ロザリーヌは首を引っ込めたまま、喘《あえ》ぐように呻《うめ》いた。

「…………うっ、ううぅ〜……」

人間の少女同様、ロザリーヌもお説教や〝あーしなさい、こーしなさい〟が大嫌いだった。だから昔は、頭の中でどれだけ声が響こうが、無視して自分の思いどおりにやったこともあった。しかし、それで事がうまくいった試しはない。

ほら、だから言ったでしょ——は、この世で一番頭にくる台詞《せりふ》だった。そういう経験から、ロザリーヌも学習していったのだ。

ただ、今日ばっかりは、そう簡単に従うわけにはいかなかった。

「だって……ッ」

対岸の青い薔薇《ばら》が、微風に吹かれて誘うように揺れていた。後ろ髪引かれる思いのせいか、さっき間近で見たときよりもさらに美しく、キラキラと木漏《こも》れ日を反射していた。あんなに綺《き》麗《れい》なのに自分のものにならないなんて、悔しすぎる、悲しすぎる。

そのとき、クレヲがそっとなにかを差し出して言った。

「あの、ロザリーヌ、これ……」

その手には水筒が——三本の青い薔薇の枝が挿《さ》された水筒があった。

「あっ……あぁぁあっ……ああ〜っ！」

ぱっくり開いたロザリーヌの口から素《す》っ頓狂《とんきょう》な声が飛び出す。前半の〝ああ〟は驚きを、後半の〝ああ〟は喜びを表わしていた。

「ここまで来た証《あかし》にと思って、さっき取っておいたんです」

「…………！」

興奮のあまり、ロザリーヌの頬《ほお》が真っ赤に染まった。

緑色の瞳にはもはや青い花びらしか映っていない。

『よかったじゃない。彼、なかなか気の利いたことしてくれたわね』

ロザリーヌはしばらくしてからやっと「……うんっ！　うんっ！」と元気よく頷《うなず》いた。

「ありがとう、クレヲ！　本当に、本当に、本当に——」

何度、〝本当に〟と言っても言い足りない。

「——本当に、本当に、ありがとう！　あぁ、もう、こんなに嬉《うれ》しいことって、アタシ、生まれて初めてかもしれない!!」

体の芯《しん》から湧き起こる喜びに、ロザリーヌは身を震《ふる》わせた。

いてもたってもいられなくなる。どういたしましてと、照れ臭そうに頭をかいているクレヲに抱きつきたくなる。その行為にどんな意味があるのか、自分でも理解できないが、そうしたくてたまらない衝動に駆られる。なんだかわからないけど、とにかくギュッてしたい！

ホンノーがなにも言わなければ、きっとそうしていただろう。それこそ押し倒さんばかりの勢いで。だが、

『これでもう心残りはないわね？　それならもう行きましょう。さぁ、早くっ』

少し焦《じ》れているような声だった。これ以上ぐずぐずしていると、また怒鳴《どな》られるだろう。ロザリーヌは内なる衝動をやむなく抑え込んだ。

「あぁもう、わかったわよ。じゃあクレヲ、行きましょう。早くおうちに帰って、えぇとなんだっけ……そうそう、接《つ》ぎ木しなくっちゃ！」

「あ……」

クレヲは一瞬、複雑な表情を見せる。

だが、すぐに明るく頷《うなず》いた。「そ、そうですね、はい！　それじゃあ急ぎましょう。時間が経てば経つほど花が弱ってしまうでしょうから」

「そうなんだ。じゃあ、またアタシがクレヲを背負っていく？　そのほうが早いわ」

「え……い、いやぁ、それは……」

クレヲは遠慮するように腰を引く。そのときだった。

まさに雷鳴《らいめい》のごとく。

魔の猛獣の、鼓膜《こまく》を突き破るようなすさまじい咆哮《ほうこう》が二人を呼び止めた。

クレヲは跳び上がって驚き、ロザリーヌは面倒臭そうにゆっくりと振り返る。

「なによぉ、うるっさいな〜。もうあんたなんかどうでもいいんだけどぉ」

しかし六足火熊《ロクソクヒグマ》はなおも吼《ほ》えた。二十メートル以上も離れているのに、大気の震《ふる》えがビリビリ伝わってきた。ロザリーヌは両耳に指を突っ込んで呻《うめ》く。

「うるさい、うるさぁいっ！　もうつき合ってらんないわ。行こ、クレヲ」

「そ、そうですね……」

ロザリーヌはさっさと道に入っていく。クレヲもそれに続こうとし、最後にもう一度だけ振り返った。吼えるのをやめた六足火熊はおもむろに立ち上がり、背中を向けて二本足で歩きだす。歩き方が、右足のダメージがそれなりに深刻であることを物語っていた。

（……やれやれ……）

なにをそんなに吼えていたのかはわからないが、やっと諦《あきら》めて帰る気になってくれたようだ。このまま奴が茂みの奥に消えてくれれば、一応はすべて丸く収まる。クレヲはそう思った、だが、それは間違いだった。

六足火熊《ロクソクヒグマ》は大きく息を吸い込み、紅蓮《ぐれん》の炎を吐き出した。

メラメラと青い薔薇《ばら》が炎に包まれた。

「えっ！　あぁっ……あアアアアッ！」

炎の中で、青い花びらが身悶《みもだ》えるように蠢《うごめ》き、しなびて、黒いカスになって、消えていく。

「クレヲ、どうし――」

戻ってきたロザリーヌも、対岸の惨劇を目の当たりにした。

いやあああああァァァッ!!

絹を裂くような絶叫が森を駆け抜ける。

「あ、青い薔薇がッ。ちょっ、どういうことよ！　あいつやっぱり燃やす気じゃない！」

取り乱し、悲痛な声を上げるロザリーヌ。

(これはいったい……どういうことだ？)

クレヲだってもちろん冷静ではいられなかった。しかし彼は、残っている理性をフル回転させて考えた。今、こちらがおとなしく帰ろうとしていたことは、おそらくカブトムシでも理解できたはずだ。なのになぜ火を吹く？　なぜ燃やす？　どうしろというのだ？

そのとき、クレヲは気づいた。

というより、炎と炎の合間に息継ぎをする六足火熊と目が合ったのだ。

つまり奴は、ロザリーヌではなくクレヲを見ていた。

なぜか？

（…………まさか……ッ？）

もう一度、六足火熊は吼《ほ》えた。はっきりとクレヲを見つめながら。

たった今、脳裏に閃《ひらめ》いた恐ろしい答え。それが正解であると、証明された気がした。

「あいつ……」

クレヲは震《ふる》える声を絞り出す。

「僕を置いてけって、言ってるのか……」

10

『おそらく……彼の言うとおりね』

「…………はぁッ？」

ロザリーヌは怪訝《けげん》と不機嫌を混ぜ合わせた声を吐き出した。

「あ……いや、その……多分あいつは、僕のことを自分の獲物だと思ってるんじゃないかなって、そんな気がしたんです……」

『奴にとって、彼はもう自分の餌《えさ》なのよ。だから置いていけと言ってるんだわ』

クレヲとホンノー、二人が同時に答える。

ロザリーヌは固まった。

クレヲを置いていけ？

さもなくば奴は薔薇《ばら》を、いや、この森すべてを燃やし尽くすかもしれない。

やめさせるにはクレヲを渡さなければならないということか。

しかし、渡せばクレヲは間違いなく食われるだろう。

『ロザリーヌ』

「…………」

『聞いて。あなたが彼をとても気に入っているのは、よくわかっているわ。でも……』

ロザリーヌは返事をしなかった。なにも言わず、突然、川に向かって駆けだす。

『待ちなさい！　なにをする気ッ？』

そんなことは聞くまでもなかった。

「あいつをぶっ殺すのよ！　それしか方法はないわッ！」

どっちか片方なんて選べない！

『待って！　やめなさい！　奴は火を吹くのよ！　川に入ったら動きが鈍って、いい的になるわ！　渡りきる前に黒こげよ！』

ザザァァッ。

川に飛び込む寸前で、ロザリーヌは猛進を止めた。

ホンノーの言っていることはわかる。それだけの理性はまだ残っている。

だが、受け入れることは断じてできない。

「あいつが火を吹くんなら……あれをやるわ」

『……あれ？』

「そうよ、あれ」

『あれって……あれのこと!?　ダメよ、前に言ったでしょう。あれはリスクが高すぎるわ！』

「……リスク？」

ロザリーヌは白々しく鼻で笑う。

「リスクって、なんて意味だったかしら？　ワスレチャッタ」

『ロザリーヌッ！』

脳裏で響くホンノーの叫び声を無視してロザリーヌは振り返った。魔獣の目から隠れるように縮こまっていたクレヲに言った。

「待っててクレヲ。すぐにあいつやっつけてくるから。でも一応、準備はしておいてね」

「……え？」

ロザリーヌの覚悟は決まっていた。戸惑うクレヲをまっすぐに見つめて告げる。

「もしもアタシがやられちゃったら……ごめんね、そのときは一人でなんとか森の外まで逃げてね」

「…………！」クレヲの顔が凍りつく。

ロザリーヌは、もう一度「ごめんね」と言って笑った。

11

ごめんね、と言って微笑《ほほえ》む彼女。

笑っているのに今にも泣きだしそうな、見ていると胸が締めつけられるような――そんな笑顔だった。

「ロザリーヌ……ッ」

「うん？」少女の声は穏やかだった。「なに？　クレヲ」

「あの…………！」

クレヲは、しかしなにも言えなかった。

〝僕が奴の餌《えさ》になります。そうすればすべて丸く収まります〟

そんな勇気はなかった。

〝頑張ってください！〟

なにもできない無力な自分に、そんなおこがましいことは言えない。

言うべき言葉が見つからず、喘《あえ》ぐように口をパクパクさせていると、ロザリーヌの蔓《つる》が音もなく伸びて、クレヲの頬《ほお》をそっと撫《な》でた。

「……ロザっ……！」

クレヲは、優しく頬をくすぐる彼女の蔓をつかもうとする。だが、クレヲの指が触れる寸前、蔓はするりとすり抜けていった。「さぁ、もう行くね」

そしてロザリーヌは、体の向きを変えて、六足火熊《ロクソクヒグマ》をまっすぐ睨《にら》みつける。

「クレヲはできるだけ下がって、木の陰にでも隠れてて。危ないから、あんまり顔とか出しちゃダメよ」

彼女の背中はまるで死地へとおもむく兵士のようだった。兵士の背中を見たことはないが、きっとこんな——力強く、物悲しい——背中だろうと思った。

（僕は……これでいいのか……？）

ロザリーヌにすべてを託し、ただ見てるだけ。本当にそれでいいのだろうか？

さっき、彼女の笑顔を見て、クレヲは思った。虫が知らせた。

ロザリーヌは死ぬかもしれない。

死ぬとは、もう二度と話しかけてくれないということだ。

二度と絵を褒《ほ》めてくれないということだ。

二度と微笑んでくれないということだ。

二度と——。

（いや、違う！　僕は……僕は、なに自分のことばっか考えてるんだ！）

話しかけてくれなくていい！

褒《ほ》めてくれなくていい！

彼女が微笑《ほほえ》んで、生きていてくれれば——それでいい！

そう思った。それはまぎれもなく彼の本心だった。

だが、
しかし、
それでも、
我が身を犠牲に、熊の餌《えさ》にする勇気はなかった。

（僕は……なんてダメな奴だ！　なにもできない、なにもしない……ダメ人間！　ゴミだ！　カス！　クズ……ッ！）

そのとき、頭の中にふっと浮かんだのは、意外にも執事マーカスの顔だった。

彼の、負け犬を見下すような表情は、こう物語っていた。

『そうやって、ダメだダメだと自分を責めて、すぐに諦《あきら》めるんですね。楽な生き方だ』

じゃあどうしろってんだ！　怒りが込み上げたが、これは別にマーカスがクレヲの心へ直接語りかけているのではない。マーカスのイメージを借りた、結局は自分の心の声なのである。

気づいたのだ。

自分にはまだやれることが残っているのに、それをやっていないということを。

（僕はまだ一度も考えていない。僕になにができるだろうか、と——）

そうだ。

魔獣の餌になるかならないかは、向こうが勝手に押しつけてきた選択肢。それにつき合う必要などこれっぽっちもない。この危機的状況を打ち破る方法を考えるなら、〝自分にはなにができるか？〟が思考の第一歩でなければならなかったのだ。

（僕にできること……僕になにができる……？）

僕にできること。

ロザリーヌにはできないこと。

僕だからできること。

ロザリーヌがしたがらないこと。

あ……ッ。

脳裏に閃《ひらめ》くものがあった。

それはまるで、最初からそこにあったのにずっと気づかなかったみたいな——見ようと思うまでは永遠に目に入らない、路傍《ろぼう》の小石のような——そんな閃きだった。

「…………ロザリーヌ！」

叫ぶつもりはなかったが、思いもよらずに得た閃きの興奮で、つい大声を出してしまう。

今まさに川に飛び込もうとしていたロザリーヌは、目を丸くして振り返る。

クレヲは、わずかに躊躇《ちゅうちょ》した。

（本当に、思ったとおりにいくだろうか）

その保証はない。だからこれは、ロザリーヌ一人にやらせるわけにはいかないと思った。

（でも、それじゃあ……失敗すれば、僕は確実に……）

そのとき、向こう岸で、六足火熊《ロクソクヒグマ》が痺《しび》れを切らしたように再び吼《ほ》える。

そして見せつけるように火を吐き、さらに青い薔薇《ばら》を焼き払った。これで全体の三分の二程度の青い薔薇が、無惨な燃えかすとなってしまった。魔獣熊はなおも火を吐き、おそらく青い薔薇を燃やし尽くしたら、次はこの森全体に火を放つつもりだろう。

「ごめんクレヲ！　もう行く！」

ロザリーヌが叫ぶ。しかしもう、クレヲの決意は固まっていた。やるしかないのだ。やらなければすべて灰と化す。森も、ロザリーヌも、すべて。

今度こそ川に飛び込もうとするロザリーヌの背中に、クレヲはありったけの声で宣言した。

「僕に……考えがありますッ！」

12

ロザリーヌの目や耳から入ったすべての情報は、ロザリーヌとホンノーとで共有する。

クレヲの〝考え〟に耳を傾けながら、ホンノーはこう考えた。

（五分五分、かしら？　ううん、なんとも言えないわね。でも……）

（思惑どおりにいかなかったとしても、奴になんらかの手傷を負わせることはできるかもしれない。致命傷とはいかずとも、運がよければあの炎、封じることができるかも）

（どう転ぶとしても、真っ先に危険なのは彼。それは私にとっては都合がいい。私にとっての一番はこの子の安全なのだから。それ以外は許容できる犠牲、あるいはどうでもいいこと）

（それに、彼が死んだら、この子の戦う理由はなくなる。案外、あっさり諦《あきら》めてくれるかもしれないわ。移り気な子だから）

（そうしたら、死体《したい》を奴にくれてやって、万事解決だわ）

以上。

ロザリーヌには聞こえないように内なる声で呟《つぶや》いた。


「ダメよ、そんなの！　危険だわ！」

クレヲの説明が終わるや否《いな》や、ロザリーヌは血相を変えて叫んだ。

「だって……ほんとにそんなことができるの？　失敗したら、うまくいかなかったら、クレヲ燃やされちゃうのよ。ねぇホンノー、あなたもそう思うでしょ？　リ、リ、リスクが高い、でしょ？」

するとホンノーは、クレヲの考えを意外なほど高く評価した。

『少なくとも、あなたがなんの考えもなく奴に突進するよりは、よっぽどましな方法だと思うわ。確かに、リスクがないとは言えないけれど、やってみる価値はあるんじゃないかしら』

「えっ？　で、でも……」

思いも寄らなかった返答にロザリーヌは戸惑う。ホンノーはさらに続ける。

『もちろん私は、あなたと奴が戦うこと自体反対なのよ。でも、あなたはなにがなんでも奴と戦う気なんでしょう？　彼を守るために。だったら私としては、せめて勝ち目のある戦い方を選んでほしいわ』

「勝ち目のある、戦い方……？」

『ええ』

「勝ち目……あると思う？　本当に、うまくいく……？」

『あると思うわ。彼の言葉を信じるならね。うまくいくかどうかは、それこそやってみなければわからないけれど。で、あなたはどうなの？　彼の言うことは信用できない？』

逆に問いかけられる。

ロザリーヌには、クレヲの考えがどれだけいいかは正直わからなかった。頭を使うことは苦手で、苦手なことは好きではない。

ただ、彼を信用できるかどうかという問題なら、答えは簡単だった。

「そんなことない！　クレヲが言うんだったら……アタシ信じる！　うん！」

こうしている間にも薔薇《ばら》はどんどん燃やされている。迷ってる時間などないのだ。

「やりましょう、クレヲ！　いいっ？」

クレヲは力強く頷《うなず》いた。「いつでもっ！」


一方、六足火熊《ロクソクヒグマ》は我慢の限界だった。

もう待てないので森を燃やすことに決めた。敵は、あの獲物を差し出すつもりはないのだろう。だから燃やす。悪いのは、自分に森を燃やさせる相手のほうだ。おかげで新しい森を探してまた移動しなければならない。なんて腹立たしい。腹立たしいから森は燃やさなければならない。攻撃を喰らった足も痛いから、やっぱり森を燃やさなければならない。ああ許せない。この怒りを、森に棲《す》むすべての生き物たちに知らしめてやらねば。燃やす。

大きく息を吸い込んだ。

残った青い薔薇と、その奥にそびえる木々に向かって炎を吐き出そうとした。そのとき、後ろから不意に甲高《かんだか》い声が響く。

「おいっ！　こっ……このっ、熊野郎《の》ッ！」

ぎょっとして吐きかけた炎を呑み込んだ。振り返ると、川の上にあの獲物が浮いていた。対岸にいる敵の触手が、獲物に絡みついて宙に持ち上げているのだ。

ついに自分に差し出す気になったのかと思ったが、どうも違うようだ。

獲物は敵意もあらわにこちらを睨《にら》み、立て続けにこう叫んだ。

「それでっ……それで強いつもりか！　お、お前なんかなぁ、キレて、周りに当たり散らして、みんな面倒だから手を出さないだけで、全然、全然っ、怖くなんかないんだ！」

「く、悔しかったら、かかってこい！　それとも、反撃してこない草花を燃やすしか能がないのか！　この、ひきょもの！　ひ、卑怯者《ひきようもの》！」

「どうしたァ！　ほら、来いよォッ！　ビビってんのかッ、コラァぁッ！」

はぁはぁ……はぁ……。

あとはもう、苦しげに鼻息も荒く、肩を上下に揺らすだけ。

六足火熊《ロクソクヒグマ》は——ビビってはいなかったが——困惑した。

本当は今すぐ飛びかかって、自慢の爪で一撃の下に屠《ほふ》ってやりたい。あからさますぎる威嚇《いかく》行為に、魔獣の闘争本能が痛いくらい疼《うず》いていた。

だが、どうもひっかかる。どうも気に食わない。

（どうしてこいつは、急にこんな強気になったのだろう？）

最初出会ったときは、悲鳴を上げて逃げることしかできなかった弱小動物がなぜ？

黒々とした眼で、ざっとクレヲの体を上から下まで舐《な》める。

（あの手に持っているものか？）

（あれを持っていると、こいつは強くなるのか？）

そういう奴と、六足火熊は何度か出合ったことがあった。こいつもそうなのだろうか？

しかしそれだけではないような気がした。野性の勘が騒ぐ。

ふと目についた。川の中になにかがある。水の流れが入り乱れ、水面には鎖のような筋が幾重にも絡み合っていたが、六足火熊の目はその下にあるものをはっきり捉えた。

触手だ。

それでようやく納得いった。

つまりこの弱小動物はおとりなのだ。

気づかずに川に飛び込んでいたら、足を絡め取られて水中に引きずり込まれていただろう。川の真ん中はかなりの深さだから、もがいているうちに溺死《できし》してしまうかもしれない。危ないところだった。

ではどうするか？　それは六足火熊にとって、しごく簡単な問題だった。

要は川に入らなければいいのだ。大きく息を吸い込む。

獲物は充分に射程距離内。

六足火熊はあざ笑うように大口を開け、喉《のど》の奥から勢いよく業火《ごうか》が吐き出される。

クレヲはそれを待っていた。

六足火熊《ロクソクヒグマ》の顎《あぎと》が開いた瞬間、持っていた緋緋色鉄《ひひいろてつ》の剣を素早く構えた。喉《のど》の奥が赤く光ったのを見て叫ぶ。

「今だ、ロザリーヌッ！」

六足火熊の口から炎が放射されるのと、クレヲの体が勢いよく動きだしたのは、ほぼ同時だった。クレヲは真っ正面から炎に突っ込んだ。

六足火熊にはなにが起こったのかわからなかっただろう。

剣が、切っ先が、灼熱《しゃくねつ》の炎を吸収して光り輝いた。

すさまじい勢いで炎は刀身に吸い込まれ、クレヲの体に火傷《やけど》一つ作れない。

次の瞬間、剣は、魔獣の喉に深く穿《うが》たれていた。切っ先が首根っこから突き出ていた。

クレヲはその衝撃に耐えきれず、思わず柄から手を放してしまう。

（や……やったかッ？）

顔を上げると、三十センチもない距離で六足火熊と目が合った。「うわわぁっ！」悲鳴を上げてのけぞる。六足火熊は無反応だった。剣は確かに魔獣の口を深々と貫いていた。炎の代わりに真っ赤な血を吐き出して、六足火熊の巨体がぐらりとよろける。

「やった……！」

クレヲは勝利を確信した。

だがしかし、六足火熊《ロクソクヒグマ》の黒々とした目から、光はまだ失われてはいなかった。魔獣の前脚がゆっくりと振りかぶられ、凶暴さを象徴するようないびつな黒爪が——一閃《いっせん》。

刹那《せつな》、クレヲの体が猛スピードで後退した。ロザリーヌの仕業《しわざ》だ。クレヲのいた空間を、六足火熊の爪がむなしく切り裂く。ゴォッと、風圧が前髪を巻き上げる。

断末魔の六足火熊は無念だったろうか。いや、爪を振り下ろしたときにはすでに事切れていたのかもしれない。そのまま前に倒れ、上半身が川に落ちた。轟音《ごうおん》、衝撃、水飛沫《しぶき》。

「クレヲ、大丈夫ー？　怪我《けが》ないー？」

ロザリーヌの心配そうな声が背中に届いた。

彼女のとっさの判断がなければ、あの爪でばっさりやられていただろう。クレヲは振り返り、震える声でなんとか答える。

「だ……大丈夫ですぅ～……」

そして引きつった作り笑いを返した。

彼の足下で、六足火熊の口から溢《あふ》れた血が川に染み出し、赤い帯のように流れていった。

13

「燃えちゃったね、薔薇《ばら》……」

「そうですね……」

無惨な燃えかす。もはやゴミの類《たぐ》いにしか見えないのが悲しい。二人は力なく立ち尽くした。

無事だったのはわずか二、三本で、残りの薔薇はすべて燃えてなくなった。

「ああもぅ、こいつムカつくッ！」

ブンッ。ビシイイッ！

蔓《つる》の鞭《むち》が怒りを込めて叩《たた》きつけられる。だが、死骸はなんの反応もしない。衝撃で少し揺れただけだ。その死骸に、剣がまだ刺さりっぱなしだったのをクレヲは思い出す。

「あの……ロザリーヌ」

「うん？　なに？」

「申し訳ないんですけど……奴の体をひっくり返してもらえないでしょうか？」

ロザリーヌはきょとんとする。「……いいけど、どうして？」

「いやその……け、剣がですね、まだ、刺さったままなので、その……」

「……ああ」

クレヲが〝剣〟という単語を口にした途端、ロザリーヌの表情が曇った。

無言で蔓を伸ばし、死骸の片腕に巻きつけて、ごろりと転がす。川に漬かっていた六足火熊の顔が上を向き、口から生えている緋緋色鉄《ひひいろてつ》の剣の柄に触れられるようになった。クレヲは恐る恐る死骸に近づき、柄を握って力を込める。大きく息を吸い込んで歯を食い縛り、渾身《こんしん》の力で引き抜こうとする。ぬぅりゃあああああああ…………ッッッ!!

剣はびくともしなかった。

死後硬直で筋肉が固まってしまったのかもしれない。クレヲは柄から手を離し、尻餅《しりもち》をついて荒い呼吸に肩を揺らした。

(こ、このまま抜けなかったらどうしよう? まさか置いてくわけにはいかないし……)

息を整えてから、気合いを入れ直して今一度試みる。

しかし結果は同じだった。

「どいて、クレヲ」

振り返ると、すぐ後ろにロザリーヌが来ていた。「え? ……は、はい」言うとおりにすると、ロザリーヌは素早く蔓《つる》を剣の柄に絡める。

「えいっ」

ずぼっ。

いともたやすく引き抜いた緋緋色鉄《ひひいろてつ》の剣をクレヲに差し出した。

「はい」

「あ……ど、どうも……」

クレヲが受け取るや否や、ロザリーヌの蔓が〝あぁ、もう我慢できない!〟とばかりにさっとほどけ、引っ込められる。

刀身には血と脂がべったりとついていた。鞘《さや》にしまう前に、川ですすいでからハンカチで拭《ぬぐ》い取る。その間、二人とも一言もしゃべらず。気まずい沈黙が流れる。

「…………………」

「…………………」

鞘に収めてリュックの中に入れようとしたときだった。ロザリーヌが口を開いた。

「アタシ、やっぱり剣って嫌い」

「えっ……？」

顔を上げると、ロザリーヌが不機嫌そうにクレヲを見つめていた。クレヲは慌てて顔を伏せ、「すっ……すみません……」と謝る。また沈黙。ドキドキしながら次の言葉を待つ。

彼女はこう続けた。

「だからその剣、ぜーったいにアタシに向けないでよ」

「……え……？」

「もしアタシに向けたら……すっごい怒るからね、いい？」

そう言って、ロザリーヌはぷいっとそっぽを向く。

「あ……」

クレヲはようやく、今のが剣の所持を暗に認める言葉だということに気がついた。

「……は、はい！　ありがとうございますっ！」

ロザリーヌはそっぽを向いたまま、「べ……別に、そんなんじゃないから……」と、ばつが悪そうにぼそぼそ呟《つぶや》いた。

人間なら病的といえるほどの真っ白な肌、そのほっぺたが、ちょっとだけ赤くなっていた。


「さ、じゃあいつまでもここにいてもしょうがないし、もう帰りましょう」

気がつけば、太陽が空の頂点でギラギラ輝いていた。もうすぐ正午だろう。

「のんびりしてたら薔薇《ばら》がしおれちゃうわ。早く帰って、つ、つ……接《つ》ぎ木しなきゃ、ね？」

「そ……そうですね」

すでに出発の準備は整っていた。ただ、魔獣の恐怖から解放されて安心したせいか、先ほどから妙にお腹《なか》が減る。

そのことを正直に告げられなくて、クレヲは少し遠回しに聞いてみる。

「でも、あの……それ、食べないんですか？」

六足火熊《ロクソクヒグマ》の死骸を指差す。

ロザリーヌは死骸を一瞥《いちべつ》し、眉間《みけん》に皺《しわ》を寄せてすぐに顔を背《そむ》ける。道端に落ちている汚物を見つけてしまったような反応だ。そして「いらないわ」と吐き捨てた。

「そいつは、なんか、食べたくない。確かに今、ちょっとお腹減ってきてるけど、でもどんなにお腹空いてても、そいつを食べるのはなんか嫌《いや》」

近くの木から赤い木の実をもいで、

「こっちのほうがいいわ。クレヲも、これでいいでしょ?」

「あ、は、はい。ありがとうございます」

ロザリーヌの蔓《つる》から受け取った木の実にクレヲはかじりつく。シャクッという歯応えのあと、甘酸っぱく豊潤《ほうじゅん》な味わいが口いっぱいに広がり、クレヲは自然にこう思った。

生きててよかった、と。

かくして二人は、弁当代わりの木の実を持てるだけ持って、川を渡り、家路についた。

しばらくして、ロザリーヌとクレヲの気配が完全に消えるのを待って、小型の獣たちが一匹、二匹と茂みから現れる。そして、六足火熊の死骸をむさぼり始めた。

14

〝朝日の綺麗《きれい》な崖《がけ》〟まで戻った二人は、群生する赤い薔薇の前に荷物を下ろし、早速作業に取りかかった。といっても、ロザリーヌはクレヲの横でそわそわしていただけだが。

まず最初にしなければいけないこと、それは庭師ヨーゼフの教えをできるだけ正確に思い出すことだった。

①台木（接《つ》がれるほうの木。この場合、赤い薔薇《ばら》）を、地上から二～三センチくらいのところで切る。
②台木に、穂木（接ぐほうの木。この場合、青い薔薇）を差し込むための割り口を作る。切断面の端のほうに縦に切れ目を入れる。
③穂木の枝の切り口を、台木に差し込みやすいように整える。〇・五～一センチくらいまで斜めに切り落とし、反対側からも軽く切って尖《とが》らせる。
④継ぎ合わせる。台木の割り口へ穂木を差し込む。入念かつ迅速に。台木と穂木、お互いの断面の端っこ同士がくっつき合うようにする。
⑤紐《ひも》などで結び、固定する。固すぎず、緩《ゆる》すぎず。
⑥台木が隠れるくらいに土を盛る。

以上、やっとのことで思い出した接ぎ木の知識。

ヨーゼフの声を思い出せるくらいにはっきり覚えている部分もあれば、不安でたまらない部分もある。だがもう、これ以上は無理。昔の記憶を必死にほじくり出そうとする精神的ストレスが我慢の限界を超えたのだ。脳みそが腫《は》れてズキズキと疼《うず》いているかのよう。

（まぁ、ひととおりの手順は思い出せたはず……）

では次に、道具をそろえなければならない。といっても必要なものはあと一つだ。

「なにか長い、紐のようなものはありませんか？」

「紐……？」

「青い薔薇を固定するために、紐みたいなもので縛りつけるんです」

ロザリーヌは首をかしげ、自らの蔓《つる》を一本、クレヲの前に出す。

「これじゃダメ？」

「……残念ですが、ダメです」

その蔓では少々太すぎた。ロザリーヌはしょんぼりと肩を落とす。

しょうがないので二人でそこら辺の茂みをあさった。五十センチほどの細長い草があったので、若干強度に不安を覚えたが、それで代用することにした。

（さて……）

これですべての準備は整った。いよいよ作業開始である。クレヲはリュックから緋緋色鉄《ひひいろてつ》の剣を取り出す。

いざ。

剣を横に構えてスパッと一閃《いっせん》――なんて自信はなかったので、台木となる赤い薔薇の幹に刃を押し当て、ノコギリのようにゴリゴリゴリ。

黙々。ギシギシ。ブチッ。

黙々。ザクッ。ズシュッ。

黙々。シャッ。シャッ。

黙々。そ～っ。ズブッ。

台木に穂木を差し込んだところで、ロザリーヌが口を挟んできた。

「そんなはじっこに差すの？　もっと切り口の真ん中に差したほうがいいんじゃないの？」

クレヲは作業の手を休めることなく、細長い草をぐるぐる巻きつけながら答える。

「いえ、この位置がいいんです」

「……そうなの？」ロザリーヌの顔はまだ怪訝《けげん》だ。

「はい。この表皮からすぐの部分は生命活動がとても活発で、植物はこの部分が傷つくと、細胞を増殖させて再生しようとするんですよ。接《つ》ぎ木は、その性質を利用するんです」

「……へぇ～」

ロザリーヌは曖昧《あいまい》に相づちを打った。多分、理解していないだろう。

「それで……くっつくまでどのくらいかかるの？」

「くっつくまでですか？　ええと、そうですね……」

一瞬だけ、クレヲの手が止まる。すぐにまた、機械のように動きだす。

「確か、うまくいけば二、三週間で穂木の……青い薔薇《ばら》の芽が伸び始めるはずです。そしたらもうくっついてます」

「に、さんしゅうかん……？」

「ええ、つまり……一日はわかりますよね？　一日が七回で一週間、二十一回で三週間です」

「二十一？　ふぅん、結構先なんだぁ。あ、ごめんね。もしかしてさっきから邪魔してる？」

「え？　いいえ、全然」

一本目の接ぎ木が終わり、クレヲは流れるように二本目の作業に取りかかる。

黙々。黙々。黙々。

ロザリーヌはもう話しかけようとはせず、無言で手を動かす少年の横顔を、やはり無言でじっと眺め続けた。

優しい静けさが二人を包む。音もなく流れる川のように、時間もゆっくりと流れていくようだった。

15

やがてすべての作業が終わって、クレヲは長い長い――全身の力が抜けて立っていられなくなるような――ため息をついた。

続けて深呼吸。新鮮な空気が肺に満ちる心地よさ。まるで作業中、ずっと息を止めていたかのようだ。

「終わったの？」とロザリーヌ。

　クレヲは、ええ、終わりましたと答えて、地面に腰を落とした。

　目の前に、接《つ》ぎ木した三本の枝が地面から伸びて、まるで土筆《つくし》のよう。クレヲは作業をやり遂げた充実感に浸り、思わず頰《ほお》を緩《ゆる》めた。

（ベストは尽くした。でも……）

　努力に必ず結果がついてくるとは限らない。

「……楽しみね」

　ロザリーヌにはすでに、鮮やかに花開く青い薔薇《ばら》が見えているのだろうか。ちょこんと顔を出している芽を見ているようで、どこか遠い目をしながら、そっと呟《つぶや》いた。

　そして、うくくっと笑う。

「あの……くどいようですが、失敗するかもしれませんからね。だからその、あんまり期待しすぎないでください」

　クレヲが恐る恐る釘を刺すと、ロザリーヌの笑顔にさっと影が差した。

「えっ……期待しちゃダメなの？」

「僕だって青い薔薇が咲いてほしいと思っています。だから僕なりに精いっぱいやりました。でも、頑張ったら必ずうまくいくわけじゃないですから。ダメなときはダメですから……」

「……それはそうかもしれないけど……」

　ロザリーヌが寂しそうな顔をし、クレヲの胸はちくっと痛んだ。

「でも、アタシは……さっきのクレヲの顔を見てて、これならうまくいくって思ったわ」

「えっ……」

クレヲの頰がぽっと赤くなる。

「ぼ、僕の顔、見てたんですか……？」

「うんっ！　見てたわ！」ロザリーヌはお辞儀するみたいに、体全体で力強く頷《うなず》いた。

「接ぎ木してるときのクレヲ、とっても頼《たの》もしくってかっこよかった。だからアタシ、じ〜っと見てて思ったの。〝あ、これはきっとうまくいく〟って」

「ちょちょっ、待っ……え、ええ……ッ？」

頼もしい？　かっこいい？　いったい誰の話をしているんだ？

湯気が立ちそうなほど顔を紅潮させ、クレヲは必死に自分への褒《ほ》め言葉を否定する。

「ぼっ……僕の顔なんかで、そんな期待しないでください！　ぼぼ僕はっ、なにをやってもダメな、ダメな、ダメ人間ですからッ！」

まとわりつく羽虫を追い払うかのように、両手をメチャメチャに振り回す。ロザリーヌはクレヲの異様な狼狽《ろうばい》ぶりに、目をぱちぱちとしばたたかせた。

「どうしたの？　どうしてそんなこと言うの？」

「だって……だって……」

「だってクレヲは絵を描いてくれたじゃない」指折り数えながらロザリーヌは言う。「歌も教えてくれたし、いい名前もくれたわ。クレヲの言うとおりに歩いたら青い薔薇《ばら》を見つけられたし、クレヲの言うとおりにやったら、あの熊も倒せたわ。一、二、三、四、五！　ほら、ね、全然ダメじゃないじゃない」

「そ、それは……」

「ねぇ、人間ってみんなこんなにすごいの？　それともクレヲがとってもすごいの？」

クレヲは絶句した。

僕が、すごい？

ゆらゆらと首を左右に振る。〝違う〟と言いたかったが声が出なかった。

ぐるぐるぐるぐる。

頭の中に捕らえどころのない思考が溢《あふ》れて渦巻いた。渦の中から、記憶の断片が一つ飛び出した。父だ。〝青い薔薇の試練〟に向かう朝、クレヲを見送る父。父の顔は心を持たぬ人形のようだ。まるで無関心。まるで他人事。クレヲが無事試練を達成できるなんて、これっぽっちも思っていない。それどころか、

〝こいつはまぁ、死んでもいいか〟

目が、そう物語っていた。少なくともクレヲはそう思った。

（ローレンスが生まれて、父さんは僕を見限った。いや、ローレンスが生まれるもっと前からかもしれない……）

いつの頃かは覚えていないが、クレヲは子供心にこう感じたことがあった。

自分はダメ元で育てられている、と。

家の主の意思は、屋敷で働くすべての者に伝播《でんぱ》した。そんな中、クレヲに期待の言葉をかけてくれたのは、庭師のヨーゼフと母だけだった。

「坊《ぼっ》ちゃんなら、きっと世界一の画家になれますぜ」

「絵も、勉強も、一生懸命やればクレヲならきっと両立できるわよ。頑張って」

そう言ってくれた二人はもうこの世にはいない。

きっと自分は、もう一生誰からも期待されないで生きていくんだろう。

一人っきりの部屋で。

ずっとそう思って生きてきたのだ。

(あ……やばい……ダメだ……)

目頭が、火がついたみたいに熱くなった。

「ど、どうしたのクレヲッ？」ロザリーヌが驚きの声を上げた。

クレヲは——泣いていた。溢れた涙が、顎《あご》の先からボタボタとしたたった。

涙はとめどなく涸《か》れることなく溢れ出し、ついにクレヲは、まるで幼い子供のように嗚咽《おえつ》を上げる。

ロザリーヌはどうしていいかわからず、ただオロオロするばかり。

「ク、クレヲ……ねぇ、どこか痛いの？　さっき、指、切っちゃった？」

クレヲは泣きながら首を横に振る。

「違うの？　じゃあ、どうして泣いてるの？　涙って、痛いときに出るものでしょ？　ねぇホンノー、クレヲどうしちゃったの？」

困り果てたロザリーヌが助けを請《こ》うが、求める答えは得られなかったようだ。

「〝さぁ？〟って……あ、あなたがわからないのにアタシがわかるわけないじゃない。あぁ、もう、どうしたらいいのっ？」

混乱するロザリーヌ。

泣き続けるクレヲ。

辺りはいつの間にか薄暗くなっていた。


クレヲは——本当にうまくいってほしいと心から願った。

接《つ》ぎ木が成功すれば、ロザリーヌは喜んでくれるだろう。「すごいわ、クレヲ！」と、また褒《ほ》めてくれるに違いない。

ただ褒めてほしいのではなく、褒めてもらえるような自分でいたかった。これからもずっと、彼女の期待に応えられるような自分でありたいと思った。

もちろん、それがとても難しいことであるのはわかっている。

神さまがクレヲを助けてくれたことは一度もなかったので、天を仰いでヨーゼフにお祈りした。お願い、どうか青い薔薇《ばら》の花が咲いてくれますように。

涙で滲《にじ》んだ夕空に、一番星が輝いた。

秋来りなば冬遠からじ

1

縦に四本、それを串刺しにするように横に一本、緋緋色鉄《ひひいろてつ》の剣で木の幹に刻みつけると、これが五日経った証《あかし》だ。

クレヲは十四本目の線を刻みつける。接《つ》ぎ木からついに二週間が過ぎた。

地面から顔を出す青い薔薇《ばら》の小さな枝を、期待いっぱいの眼差《まなざ》しで眺めながら、

「もうすぐかなぁ。ねぇ、もうすぐかな?」

ロザリーヌはまるで薔薇の芽に話しかけるように問う。クレヲは剣を素早くリュックにしまってから、

「そうですねぇ。もうすぐ——かもしれませんねぇ」

曖昧《あいまい》に答えてアハハと笑った。接ぎ木をして以来、彼女の期待は日ごとに増す一方で、クレヲの精神的プレッシャーもさらに募った。だが、今日はそれ以上に気になることがある。

空を見上げればあいにくの曇天《どんてん》模様。今にも泣きだしそう。クレヲの心にも不安が広がる。

「……降りそうですね、雨」

「え？　うん、そうね」

　この二週間、一度も雨は降らなかった。この時期、この地域の気候から考えると、それは滅多にない幸運だったといえる。だが、運というものはいつまでも続かないものだ。

「ん……ふぅん、そうなんだ」ロザリーヌは言った。「今日は多分、雨降るって」

「え？　それはえっと……例の頭の中の人が？」

「うん。あのね、風にちょっとだけ海の匂いが混じってるって。こんな日は雨が降りやすいんだって。雨が降ったら、青い薔薇喜んで、芽が伸びだすかな？」

　幼子《おさなご》のようなメルヘンチックな発想に、クレヲは頰《ほお》が緩《ゆる》むのを禁じ得ない。が、今はほのぼの気分に浸っている場合ではなかった。もし本当に雨が降ってきたら……。


　ポツン。


　最初は、なにかの勘違いかと疑いたくなるような、ささやかな一滴だった。手の甲になにかが当たったような感触に、あれ？　と思っていると、次の瞬間には雨滴が草木や地面にぶつかる音がポツリポツリと。

「わ、ほらクレヲ、やっぱり降ってきた！」

　なにも知らないロザリーヌは、まるで歓声を上げるようにはしゃぐ。しかしクレヲは、

（っ……大変だ……！）

慌てて接《つ》ぎ木した薔薇《ばら》に覆《おお》い被《かぶ》さり、雨粒からガードした。だが雨がやむまでずっとこの姿勢のままというわけにはいかないだろう。どうしたものかと考える。

「……なにしてるの、クレヲ？」

「確か……しっかりとくっつくまで、接ぎ木した部分が濡《ぬ》れないようにしなきゃいけないんです。すぐにやんでくれればいいんですが……」

しかし雨脚は強くなっていくばかり。

日当たりのよさが今日は仇《あだ》になっている。崖《がけ》っぷちが近く、四方を木で囲まれていないこの場所は、斜めに吹き込んでくる雨粒を遮《さえぎ》るものがない。

（傘《かさ》……なにか傘代わりになるようなものは……）

そんなものはないことはわかっていた。この二週間、ロザリーヌの狩りのお供をしながら代替品になりそうなものを探していたのだが、結局使えそうなものは見つからなかったのだ。

（もうちょっとで花が咲くかもしれないのに……これでおしまいなのか……？）

下唇をギュッと噛《か》む。

すると、突然雨がふっと止まった。しかしまだやんではいなかった。クレヲの周りだけ、雨がなくなったのだ。

目を真ん丸にして顔を上げると、クレヲの頭上を、木の葉が寄り集まってドーム状に覆っていた。ロザリーヌの蔓《つる》が近くの茂みや下枝を折って集め、葉っぱの天井を作ってくれたのだ。

「どう？　いいアイデアでしょ」

ロザリーヌが小鼻を膨《ふく》らませて得意げに微笑《ほほえ》んだ。


三十分ほど経ち、雨はまだ降り続いている。

冷たい雨だった。クレヲも葉の茂った枝を一本折って傘代わりにしてみたが、どう持っても左右の肩のどちらかが濡れてしまう。ああでもないこうでもないと持ち替えているうちに、やがて水滴が葉から枝を伝って、クレヲの手や肘《ひじ》の先までをも濡らした。これではまったくの気休めだ。

さらに——ひゅるるるるぅ——一陣の風が葉を揺らし、たまっていた水滴がバラバラとクレヲの頭に降り注がれた。否《いな》、気休め以下だ。クレヲは枝を放り投げた。

（しかし、寒い……！）

雨風が刻一刻と体温を奪っていくのが嫌《いや》というほど実感できた。

（僕はいったい、ここでなにをやっているんだろう……）

はっきりいって、接ぎ木した薔薇を守るために今クレヲができることはなにもない。あえて挙げるなら、蔓で木の葉の屋根を支え続けなければならないロザリーヌのおしゃべりの相手になるくらいだ。

（そのためだけに、ここにいなければならないのだろうか……？）

かといってロザリーヌ一人にこの場を任せ、自分だけ寝床の木に戻って風雨をしのぐというのはやはり心苦しい。だがこのまま雨に濡《ぬ》れ続ければ……。クレヲの葛藤《かっとう》と苦悩は続く。

するとまた、ひゅうううぅと風が吹いた。

優柔不断な性格とは裏腹に、体は正直に反応した。

「っ……はぶしゅっ！　はぁぶしゅっ！」

「!?」

ロザリーヌはビクッと肩を震《ふる》わせる。木の葉のドームが葉ずれの音を立てて揺れた。

「びっくりした。ひょっとして今の……くしゃみ？」

「あ、は、はい。すみません」

「え、じゃあ、もしかして、寒いの？」

「……はい」なんだか遠回しにアピールしたみたいだ。クレヲはばつが悪そうに苦笑いをする。「今日の雨は冷たいですね」

ぱちぱちとまばたきしてロザリーヌは首をかしげた。

それからもう一度、逆方向にかしげる。そして呟《つぶや》いた。「そう？」

「あれ……そうでもないですか？」

「うん。アタシは別に。まぁそうね、あったかいとは思わないけど……普通かなぁ」

「そ、そうですか……」

どうやら彼女の温度感覚は、人間よりもだいぶタフなようだ。

（そういえば、最初出会ったときは全裸だったからな。この程度で寒いなんていってたら生きていけないか）

しかしクレヲはひ弱な文明人。濡れたシャツが背中に張りつき、ゾクッとするような寒気を覚える。肩をすくめて身震いする。その様子を不思議そうに見ていたロザリーヌは、

「ねぇ、そんなに雨が冷たいんだったら、この……えっと、レインコートだっけ？　クレヲに返そうか？　アタシは濡れても平気だし」

と言った。一瞬、魅力的な申し出に思えた。だが、それでは彼女が丸裸になってしまう。女の子の身ぐるみを剝《は》いでまで雨をしのぎたいなんて誰が言えるだろうか。紳士《ジエントルマン》以前に男として情けなさすぎる。

「ありがとうございます。お心遣いはとっても嬉《うれ》しいですが、そういうわけには――は、はっくしゅっ！　はっぷしゅっ！」

丁重に断ろうとしたが、くしゃみに邪魔をされた。

ロザリーヌは理解に苦しむように眉《まゆ》をひそめる。

「レインコート、いらないの？　んー、だったらクレヲはおうちの木に戻っていいよ。青い薔薇《ばら》はアタシがちゃんと守るから」

「すみません……そうさせてもらいます」

「うん、だいじょーぶ、任せて」

ロザリーヌにしてみれば、ここまですべてクレヲ任せだったので、青い薔薇《ばら》を咲かせるために自分もなにか貢献したかったのだ。だから喜んで傘《かさ》役を買って出た。

彼女のそんな気持ちにクレヲは気づけなかった。

後ろ暗い気持ちを引きずりながら、寝床にしている大木へと歩いていく。途中振り返り、一人きりで雨から薔薇を守っているロザリーヌを眺め――罪悪感に胸を疼《うず》かせた。

2

寝床の大木まで戻ったクレヲは、割れ目をくぐって木の空洞内に入ると、ブーツを脱いで逆さまに立てかける。ぐしょ濡《ぬ》れの衣服も、パンツ一枚残してすべて脱いだ。ハンカチを何度も絞りながら体を拭《ふ》き、急いで寝袋に飛び込む。濡れた衣服は、木の枝を組み合わせて作った簡易物干しに引っ掛けておいた。

横になって目を閉じると、さっきのロザリーヌの姿がまぶたの裏に浮かび上がってきた。再び込み上げる罪悪感に、気怠《けだる》いため息が漏《も》れる。

（やれやれ……だ。この雨、いつやむんだろうな）

心なしか雨音が強くなったような気がする。

(それにしても、おととい辺りから急に涼しくなったな。ちょっと前の猛暑が嘘《うそ》みたいだ)

今日が何月何日か？　クレヲにはもうわからなくなってしまったが、おそらく九月の末か十月の頭頃のはず。つまり夏はもう終わったのだ。涼しいわけだ。

(寝苦しい夜から解放されるのはありがたいけど……でも、こんな季節の変わり目には気をつけないと)

清潔とは言いがたい、この寝場所。

木の実ばかりの偏《かたよ》った食生活。

ロザリーヌと共に森を歩き、くたくたになるまで体力を消費する毎日。

体を壊す要素に溢《あふ》れている。いや、今までの自分なら、とっくに熱を出して倒れていなければおかしいくらいの生活環境である。これでどうして今日まで無事でいられたのか不思議だ。不気味にすら感じる。

(僕の体はどうしちゃったんだろう？　突然変異でも起こしたのか？　それともこれが、大自然の力ってやつなんだろうか？)

ぐうぅ〜。

突然、お腹《なか》が鳴った。そろそろ昼飯時だろうか。旺盛《おうせい》な食欲はまさに健康の証《あかし》だ。しかしなにも食べるものがないので、水筒に手を伸ばし、水で空腹をまぎらわす。

（もし本当に体が丈夫になったのなら、こんなに嬉《うれ》しいことはないけれど……）

でも。

（ちょっと調子に乗りすぎたかもしれないな。二十分？　三十分？　あんなに雨に打たれたら、僕じゃなくても普通に風邪引くだろう）

そしてもし今、医者も薬もないこの状況で風邪を引いたら——ゾッと背筋に寒気が走り、クレヲは頭まですっぽりと寝袋にもぐり込んだ。

そしてやることもなくゴロゴロとし、時間がただ過ぎていく。

（……お腹《なか》減ったなぁ……）

雨はいっこうにやむ気配がない。

（ロザリーヌは、きっと今も同じ姿勢で頑張っているんだろうな……）

霧雨までとはいわずとも、もう少し雨脚が弱まってくれたらと思う。そうしたら木の実を探しに行けるのに。ロザリーヌに持っていってあげられるのに。クレヲは最近、ちょっとした木登りならできるようになったのだ。

（持ってったら……そしたらきっと……ロザリーヌも喜んでくれる………）

空腹で頭がぼーっとし、クレヲはいつしかうとうとと。

意識がオンとオフの狭間《はざま》をゆらゆらさまよう。

外から聞こえる雨音のリズムは、クレヲの寝耳に心地よく染み込み——。

3

雨は一日中やまなかった。

4

枝葉に溜《た》まった雨水が、葉っぱの先端でしずくとなって、こぼれ落ちる瞬間を今か今かと待っていた。

目では確認できないかすかな水分が、少しずつ少しずつ集まり、葉としずくをつなぐ表面張力はついに限界を迎える。しずくが離れると同時に、葉っぱがちょんと跳ねる。

ぽたたっ――。

しずくは地面で小さな花火のようにはじけた。

それが合図だったかのように、ロザリーヌは大きく伸びをする。

夜明け前。すでに東の空はうっすらと白く光っていた。

雨が上がったのはつい先ほどのこと。

上のほうからチャポチャポ音がする。ロザリーヌの頭から生えている花に、雨水が溜まっているのだろう。深々とお辞儀するように上半身を倒すと、ざーっとこぼれた。両手を皿にして受けて、飲んで、顔を洗う。しゃきっと目が覚めた。

　木の葉のドームをそっと外す。

　周りの地面はまだ湿っていて、水溜まりがいくつも残っていた。しかし接《つ》ぎ木した薔薇《ばら》には水滴一つついていない。まるでちょうどここだけ雲に穴が空いていたみたいに、地面も全然濡《ぬ》れていなかった。

　ロザリーヌは満足そうににんまりする。うくくっと笑う。

　役目を終えた木の枝の束を放り投げ、きょろきょろと辺りを見回した。

「クレヲは……まだ寝てるのかしら？」

　もうすぐ日の出だ。迎えに行くことにした。

　鼻歌交じりに。

「鼻眼鏡《めがね》～のぉケット・シィ～、、♪」

　ロザリーヌはご機嫌だった。

　三回繰り返して、四回目が唄《うた》い終わりそうになった頃、クレヲが寝起きする大木の前に到着した。鼻歌の続きみたいに、大きな声で呼びかける。

「ク～レヲっ、もうすぐ朝よぅ！」

　身をかがめて、割れ目の奥を覗《のぞ》き込む。中は薄暗いが、クレヲがいるのは確認できた。

「ほら、雨上がったわ！　青い薔薇《ばら》、ぜ～んぜん濡《ぬ》れなかったのよ！」

うくくくっ！


……しーん。


「ねぇクレヲ～」

しかし、返事はない。

ロザリーヌの眉間《みけん》にちっちゃな皺《しわ》が寄った。

「もうっ、起きてよ～。お日さま出ちゃうわよっ」

蔓《つる》を伸ばして、奥の空洞部で横になっているクレヲの顔をぺちぺち叩《たた》く。

「ん？」

奇妙な違和感を覚え、クレヲの額に蔓をぴとっと当てた。

「……わっ、あっつぅい！　なにこれ？」

すると、ロザリーヌの姦《かしま》しい声に起こされたのか――あるいはとっくに目は覚めていたのかもしれないが――もぞもぞと寝袋が蠢《うごめ》き、ファスナーがゆっくり下がっていった。

「……おっ……」

墓から蘇《よみがえ》るゾンビさながらに、のそりと上半身を起こすクレヲ。そして、

「……おはようございばず……ロザ……ッ」

ゲホゴホガホッ！

ガクンガクンと体を揺らして咳《せ》き込んだ。

ロザリーヌは一瞬呆然《ぼうぜん》としてしまった。

「ど……どうしたのクレヲ。なにその声？」

クレヲはしばらく苦しそうに喘《あえ》いでから、か細い声でやっとこう言った。

「が、がぜ……ひいだびだいです……」

ゴホッゴホッ！

「がぜ……？　って、なあに、どういうこと？」

ロザリーヌがますます困惑していると、それまで黙っていたホンノーがそっと告げた。

『彼、もしかしたら病気になったんじゃない？』

クレヲの上半身は今にも倒れそうにぐらぐら揺れている。目は虚《うつ》ろだ。

ロザリーヌは梟《ふくろう》のように首をひねる。「病気って、なにそれ？」

『覚えてない？　そうね、あなたが病気したのは、ずいぶん昔のちっちゃかった頃だものね』

「……全然覚えてないわ。それで病気って、いったいなんなの？」

『簡単に言えば、体の具合が悪くなることよ。だるくなったり、熱が出たり……さっき触って、額が熱かったでしょ？　まぁ私も人間の病気のことはよく知らないけど、見た感じ、相当

苦しそうじゃない？』

「えっ、苦しい？　クレヲ、ねぇ苦しいの？」

クレヲの体は相変わらずぐらぐらしている。

首がかくんと前に落ちた。

〝はい〟

という意味だろう。ロザリーヌはそう理解した。

「そうなんだ。じゃあ、ちょっと待って」

寝袋のそばに転がっていた水筒を蔓《つる》で拾い上げ、器用にキャップを外し、クレヲの頭の上で斜めに傾ける。飲み口から今にも水がこぼれそうになる。

『ちょっ、ちょっとなにする気っ？』

ぴたっと水筒が止まり、飲み口から垂れた一、二滴が、クレヲの頭で跳ねる。

「え？　だって熱くて苦しいんでしょ？　だから涼しくしてあげようと……」

『ダメよッ。そんなことしたらよけい病気が悪化するわ』

「そうなの？　じゃあどうしたら病気じゃなくなるの？」

『人間がどうやって病気を治しているのかは知らないわ。でも……そうね、やっぱり栄養を摂《と》って、静かに寝るのが一番じゃないかしら』

ぐぅるるるるぅぅ。

そのとき、不意にロザリーヌのお腹《なか》が鳴った。青い薔薇《ばら》を守っている間、なにも食べられなかったのだ。

「栄養……食べ物のことよね。アタシもお腹減った。待っててねクレヲ。今、木の実採ってくるから」

もはやしゃべる気力もないクレヲは、それでも彼なりに精いっぱい頑張って、微妙に上げた手を力なく振った。

〝いってらっしゃい〟

ロザリーヌはにっこり微笑《ほほえ》み、

「うんっ。すぐに戻ってくるからね」

さっそうと狩りに出る。

5

しかし、すぐに戻るという約束は守られなかった。

両手いっぱいの木の実を集め、さぁ戻ろうとしたときだった。ふと見た大樹《たいじゅ》の上枝《うわえだ》に、黄色い実がぽつんと一つ残っているのを見つけたのだ。ロザリーヌは蔓を伸ばす。

あと少しで届くというところで、枝葉の陰から毛むくじゃらの手が現れた。猿《さる》だ。

猿《さる》は木の実をむしり、軽業師《かるわざし》のように枝から枝へと渡って、木々を移動していった。

「ちょっ……ま、待ちなさいよ！　アタシが先に見つけたのよッ!!」

ロザリーヌは追いかけた。追いかけながら蔓《つる》で攻撃を仕掛ける。しかし、身軽にかわす猿には触れることすらできなかった。だからロザリーヌは一度も猿を捕まえたことがないのだ。

それでも諦《あきら》めなかった。どこまでも執拗に追いかけた。すると幸運がロザリーヌに味方する。猿が枝の上で足を滑らせ、思わず木の実を落としてしまったのだ。

ロザリーヌの蔓は、それを見事空中でキャッチした。

悔しそうにキキッと鳴いて逃げていく猿。ロザリーヌはようやく奪い返した木の実を手に、会心の笑みを浮かべた。この黄色い木の実は、確かクレヲが一番美味しいと言っていたものだ。だからなんとしてでも手に入れたかったのだ。クレヲのために――

「…………………アアッ！」

慌てて踵《きびす》を返し、猛然と走りだす。

ようやく寝床の大木まで戻ったときには、出かけてから二時間近く経っていた。

立ち止まってほんのちょっとだけ呼吸を整えてから、ロザリーヌは大木の前に進み出た。

「クレヲごめ～ん、お腹《なか》空いたでしょ。ほんとごめんなさい。でもほら見て。黄色い木の実よ。もう、すっごく苦労したんだから。猿がね――」

ロザリーヌは割れ目の入り口から中を覗《のぞ》き込む。クレヲは朝と同じように、全身を寝袋に包

まれて横たわっていた。

「クレヲ、寝てるの？」

返事は返ってこなかった。しかし、起きているような気配はする。

「ねぇ……もしかして、怒って、る……？」

「…………」

疑心暗鬼《ぎしんあんき》を生ず。

拒絶するような沈黙がうろの中に充満している。そんな気がした。

「は……はぁい、黄色い木の実っ。クレヲはこれが一番好きなのよね？」

無理に明るい声を出して、クレヲの顔の前にするすると木の実を差し出す。しかしクレヲはやはり答えず、動こうともしない。

木の実がむなしく宙で揺れる。

「……クレヲ……ねぇったら…………どうしてなにも言ってくれないの……？」

少女の心に、今まで経験したことのない複雑な感情が湧《わ》き上がった。それがなんであるかもわからないまま、ついには目頭がじわっと――そのときだ。

ホンノーが言った。

『ねぇ、ひょっとして死にかけてるんじゃないかしら』

「……えっ…………エエッ？」

『ちょっと引っ張り出してみなさいよ。いいから早く、ほら』

「え……う、うん……」

ロザリーヌはホンノーの言葉に激しく動転したが、長年の習性で――こういう非常事態にこそ――素直に従った。数本の蔓《つる》をクレヲの体に絡みつけ、母親が我《わ》が子を抱くように優しく抱え上げて、そっと外に出した。

「……クレ、ヲ……？」

すぐ近くまで引き寄せて、彼の顔を覗《のぞ》き込む。

それでもクレヲは返事をしなかった。いや、できなかったのだ。

ハァハァと乱れる吐息。苦しげに歪《ゆが》んだ表情。ときどきうっすらとまぶたが開くが、その瞳は、どこにも焦点が合っていなかった。ほんの三十センチほどの目の前にロザリーヌの顔があることにも気づいていないようだ。

さすがにロザリーヌにも事の深刻さが理解できた。

「クレヲ、クレヲ、大丈夫っ？　ねぇどうしたらいいの？　クレヲ、死んじゃうのッ？」

『落ち着きなさい、まだそうと決まったわけじゃないわ』

でも……このままだとかなり危険ね。

ホンノーはロザリーヌには聞こえないよう、内なる声でそう呟《つぶや》いた。そして、とにかく今やるべきことだけを伝えた。

『とりあえず、採ってきた木の実を食べさせなさい。体力をつけないと病気は治らないわ』

「う、うん、わかった！　クレヲ……さ、ほら、口開けて……」

おそらくは梨の一種と思われる黄色い木の実を、クレヲの口に押し当てる。だがその口からは、荒い吐息とかすかな呻《うめ》き声が漏《も》れるだけで、木の実にかじりつこうとはしなかった。

「……ねぇっ、食べてくれないわ！」

『口を動かす力もないのか、あるいは熱で頭が朦朧《もうろう》として、木の実に気づいてもいないのかも……。困ったわね』

「ど……どうしようッ？」

『そうね……じゃあ、あなたが噛《か》んであげなさい』

「アタシが？　アタシが噛んで………アタシが食べるの？」

『バカね。あなたが噛んで食べやすくしてから、彼の口に流し込むのよ。とにかく中に入れば飲み込んでくれるかもしれないわ』

「あ、なるほど……や、やってみる」

しゃりっ。

木の実にかじりつき、しゃりしゃりと音を立てて噛み砕く。口の中に瑞々《みずみず》しい甘みが広がると、ロザリーヌはついうっかり飲み込んでしまいそうになった。

「……ぅうんっ！」

『どうしたの？』

なんでもない――と首を振って、ロザリーヌはクレヲの口を開き固定する。

さて、どうやって彼の口の中に入れればいいのだろう？

しばらく考えたが、結局は一番確実な方法にした。開いたクレヲの口に、ロザリーヌの唇が重なる。

んんっ……。

くぐもった声と共に木の実を流し込む。

すべてを流し込むために舌までクレヲの口腔《こうこう》に侵入させる。ほとんどペースト状になった果肉が、ロザリーヌの唾液《だえき》と混じってクレヲの口内に溜《た》まっていく。

んぅっ……。

すべて流し込んだあとも、吐き出されないようにしばらく口を合わせ続ける。

クレヲの小さな喉仏《のどぼとけ》がごくっと動いた。

ロザリーヌがそっと唇を離すと、一瞬、輝く糸が名残惜しそうに二人をつないだ。

『いいみたいね。食べる力が残っていればきっと助かるわ。さぁ続けて』

「うんっ！」

その後、口移しを繰り返し、一と三分の一個の木の実を飲み込んだところで、クレヲは気を失うように眠りに落ちた。

6

クレヲが眠ってから、ロザリーヌはずっと大木の前にいた。

日が陰り始めた頃、小枝をつまみ、クレヲの真似《まね》をして下手くそな絵を地面に描いていると、大木のうろの中からかすかな呻《うめ》き声が聞こえてきた。

クレヲが目を覚ましたのか、それとも熱にうなされているのか。哀れ、苦しげ、儚《はかな》げなその声にロザリーヌの不安は煽《あお》られ、ついに我慢できなくなって、再びうろの中から出した。

「大丈夫？　クレヲ、苦しいの？」

返事はない。起きているのかどうかは判別がつきかねた。

「クレヲ……？」

顔を覗《のぞ》き込んで話しかけると、クレヲの目がゆっくりと開き、ロザリーヌのほうを向いた。

「あ、起きたのねっ。クレヲ、お腹《なか》空いてる？　また木の実食べる？」

「…………………」

クレヲは無言でしばらくロザリーヌを見て、こう呟《つぶや》いた。

「……お……かぁさん……」

「え？　な、なに？」

朦朧《もうろう》としたクレヲの眼差《まなざ》し。その目はロザリーヌを見ているようで見ていないような。

寝袋が内側からもぞもぞと蠢《うごめ》いた。クレヲの意思を察してファスナーを下げると、中から手が飛び出し、少女の細い手首を噛《か》みつくようにつかんだ。

「わ！　ど、どうしたのクレヲっ？」

「……く……ぅ………」

「え、なに？　もう一度言って？」

ハァハァと、ゼェゼェと、乱れる息の合間にぶつ切りされた言葉が挟み込まれる。ロザリーヌは全神経を集中して、それを聴き取った。

……僕……もう……勉強……したくない……。

「……勉強？　え？」

ロザリーヌの手首をつかむクレヲの手はとても弱々しかったが、その手に込められた必死の思いは痛いほど伝わってきた。ロザリーヌはその手に自分の手を重ねて、そっと握った。

「おかぁさんって、勉強って、よくわからないけど……クレヲがしたくないんなら、しなくていいんじゃない……？」

「……ほんと……？」虚《うつ》ろな瞳に少しだけ光が宿った。「絵……描いていい……？」

「うんっ。絵、描いて。アタシ、クレヲの絵、大好きだもん」

だから早く元気になって。ロザリーヌがそう言うと、手首をつかんでいた手がするっとほどけた。
クレヲはすべての苦悩から解放されたように——にこっと笑った。
口から出た途端、空気に溶けて消えてしまいそうなか細い声で、
……やったぁ……。
そう呟《つぶや》いた。手が、ぽとっと落ちた。
まぶたを閉じて、眠ってしまったようだ。
ロザリーヌは、玉のような汗が浮いた彼の額を、手のひらで優しく拭《ぬぐ》った。
朝より少しだけ熱が下がっているような気がした。

7

宵《よい》の頃、もう一度口移しで木の実を食べさせる。

それからロザリーヌは一睡もしない——つもりだった。

首が、こくりこくりと揺れだしたのはなんとなく覚えている。そのあと、いつの間にか眠ってしまった。ハッと目を覚ますと、煌々《こうこう》たる月の明かりが、ロザリーヌの体を静かに照らしていた。夜明けはまだ先のよう。

そっと忍び寄って、うろの中を覗《のぞ》く。クレヲは寝ていた。穏やかな寝顔だった。

レインコートの裾《すそ》から蔓《つる》を伸ばし、恐る恐るクレヲの額に当ててみる。

「……熱く、ない……！」

『どうやら、だいぶよくなったようね』

「……ほんと？　クレヲ死なない？」

『断言はしないわよ。断言はしないけど……もう大丈夫でしょ』

「大丈夫？」

『多分ね』

ロザリーヌは長い長い安堵《あんど》のため息を漏《も》らした。

「よかったぁ……」

安心した途端、空腹感が襲ってきた。残っていた食べかけの木の実を一つ拾い上げ、ガブリとかじりつく。果肉は若干しなびていたが、とても美味《おい》しかった。

うろの中のクレヲは、すぅすぅと安らかな寝息を立てている。

ロザリーヌの蔓が左の頬《ほお》を突っつくと、「うぅん……」と小さな寝言をこぼして、クレヲは顔の向きをずらした。

うくくふっ。

目を細め、ロザリーヌは慈愛《じあい》に満ちた微笑《ほほえ》みを浮かべる。

だが。

その目が、ふと、憂《うれ》いを帯びた色に変わった。

「ねぇホンノー。クレヲはどうして病気になっちゃったの？」

『さぁ、どうしてかしらね。多分、雨に濡《ぬ》れたからじゃない？』

「雨？　雨だったら、アタシのほうがいっぱい濡れたわ」

『あなたと人間では違うのよ』

「そう……なんだ」

自分の体からは無数の蔓《つる》が伸びる。遠くの物をつかむことができるし、一度にたくさんのものを持つこともできる。とっても便利だ。

だが今、月明かりに映し出された自分の影を見て、ロザリーヌはこう思った。

まるで体から蛇《へび》が生えているみたいだ――と。

寂しげな眼差《まなざ》しが、クレヲの寝姿をじっと見つめる。あんなものにくるまらないと、寒くて眠れないのだという。唇が、静かに動いた。

「クレヲって、人間って……なんてひ弱な生き物なのかしら」

今は秋。いずれ冬が来る。

森を真っ白に塗り潰《つぶ》すほどの雪が降る。

クレヲが唯一食べられる木の実も、簡単には見つけられなくなるだろう。

冬――最も厳しい季節――生き物たちは過酷な生存競争を繰り広げ、寒さと飢えに耐えきったものだけが春を迎える権利を得るのだ。

クレヲには無理だろう。

『前にも言ったと思うけど、彼にはこの森で生きていく力はないのよ。今回はなんとか助かったけど……』

その先の言葉をホンノーは言わなかった。

ロザリーヌも聞きたくなかった。

「うん……そうね。わかった」

ぼそりと呟《つぶや》く。

クレヲの寝顔を見つめるロザリーヌ。

決意の眼差しに変わっていた。

8

夜が明けた。

ここ数日、秋冷えの日が続いたが、今朝は暑すぎず寒すぎず。

時折吹く風が心地よい、過ごしやすい秋晴れの朝だった。

木の割れ目から入ってきたそよ風に頬《ほお》を撫《な》でられ、クレヲのまぶたがかすかに動いた。

ゆっくりと開く。

目を覚ましたクレヲは、自分の体調の変化に気づく。

（寒く……ない。頭も、すっきりしている。それに……）

思い出したように突然の空腹感。喉《のど》もからからに渇《かわ》いていた。

「水筒、水筒……あった」

喉を鳴らして水を流し込んだ。少し生温《あたたか》かったが、渇きは充分癒《い》やされた。

ぷはー。げぷっ。

ぐ……ぐぉるるるぅぅ。

水を飲んだことで内臓が活性化したのだろうか。自分でもびっくりするような大きな音でお腹《なか》が鳴った。するど、割れ目の外からひょっこりとロザリーヌの顔が覗《のぞ》き込んできた。

「クレヲ、起きたのね！　具合はどう？　どう？」

「あ……おはようございます。風邪は、なんか、すっかりよくなったみたいです」

「ほんと？　あ、声も元に戻ったのね。昨日は蛙《かえる》の鳴き声みたいなすごい声だったけど」

「え、あ、そうですね。言われてみれば、喉の痛みもなくなりました。なんかもう、すっかりいい感じです」

いい感じすぎて、クレヲは狐《きつね》につままれたような気分だった。昨日はあんなに苦しかったのに、きっとすごい高熱が出ていたはずなのに、たったの一日で治ってしまったのだろうか？

（いつもなら注射を打たれて、苦い薬を飲んで、それでも二、三日は起きあがれなかっただろう。それが、寝てただけで？）

信じがたい。だが事実、体調はむしろすこぶるよい。

（どうなってるんだ？　僕が寝ている間に、なにかあったのか？）

クレヲは起きあがってロザリーヌの顔を見た。彼女は嬉《うれ》しそうににこにこ笑っていた。

寝袋から抜け出し――そうだ、パンツ一丁だった――服を着て、あたふたとブーツの紐《ひも》を結び、うろの外に出る。自分の足で歩くのはずいぶん久しぶりのような気がした。一瞬、ふらっとよろけた。

「あっ、大丈夫？　まだ寝てたほうがよくない？」

ロザリーヌの手が、クレヲが倒れないようにさっと動いた。しかしクレヲはなんとか踏みとどまる。「だ、大丈夫です」

「ほんとに？　ほんとに大丈夫なら見せたいものがあるんだけど……どう、歩ける？　あ、それともアタシが抱っこしてってあげようか？」

「だ……抱っこ……？」

クレヲの脳裏に、赤ん坊のように抱きかかえられた情けない自分の姿が映る。

「けっ、けけっ、結構です！　歩けます！」

「そう？　じゃ、行きましょう」

「あ、はい。あの、でも、その前に――」

「ん？　なぁに？」

「なにか食べるもの、木の実は、ありませんか？」

さっきは空腹で足がふらついたのだ。

9

どこに連れていかれるのかと思ったら、いつもの〝朝日の綺麗《きれい》な崖《がけ》〟だった。クレヲは食べ終わった木の実の芯をぽいっと投げる。そのへんに食べかすを捨てることに最初は抵抗があったが、ロザリーヌの真似《まね》をしていたら今はもう慣れた。

「ロザリーヌ、見せたいものって……いったいなんですか？」

「まだわからない？」いたずらっぽく笑うロザリーヌ。「ほら、あれ」

彼女が指差す、そこにあったのは――例の薔薇《ばら》。

「え……？」

クレヲの胸がどくんと高鳴った。

見せたいものが薔薇ということは。「もしかして……！」

ロザリーヌは黙ってにっこりと微笑《ほほえ》む。クレヲは思わず駆けだした。近寄って、見た。

接《つ》ぎ木した薔薇三本のうち、二本の枝の芽がわずかに伸びていた。

「さっき、お日さま見たあとで気づいたの。ね、それでいいんでしょ？　青い薔薇、咲くのよね？」あとからやってきたロザリーヌが、クレヲの背中に尋ねる。

「は……はいっ。接ぎ木は、成功です。どれくらいかかるかはわかりませんが、いずれ、きっと、咲きます！」

膝《ひざ》が震《ふる》え、心臓がバクバクと鳴る。嬉《うれ》しさでこんなに気持ちが高ぶったのは生まれて初めてだった。ロザリーヌも嬉しそうだ。

「ねぇ、いつ頃咲くか、どうしてもわからない？　あと一週間くらいで咲かないかな？」

「い、一週間、ですか？　それは……多分、難しいんじゃないかと……」

「じゃあ二週間は？」

「う、うーん……どうでしょう」

「そう……」ロザリーヌの表情が急に曇る。まるで〝あと二週間で咲かなければ意味がない〟とばかりに。クレヲは戸惑った。しかしどうすることもできない。

「す……すみません。花を早く咲かせる方法は、さすがにわからないです……」

高揚していた気分に水をぶっかけられたようだ。クレヲはしょんぼりとうつむいた。

「あ……、違うの、ごめんなさい。クレヲが悪いんじゃなくて、文句を言ってるわけじゃなくて……ただ、クレヲと一緒にもう一度、青い薔薇が見たいと思って。だから……」

「えっ…………あ、そ、そうですか。ア、ハハ……」

クレヲはほっと胸を撫《な》で下ろした。だがその胸が、さっきとは違う意味で再び高鳴りだす。

〝あなたと一緒に薔薇《ばら》が見たいの〟

それってまるで恋人同士が交わす言葉じゃないか。病み上がりの顔がみるみる赤くなった。

「ぼ…………」

一瞬の躊躇《ちゅうちょ》、葛藤《かっとう》ののち、呟《つぶや》く。

「僕も、青い薔薇が咲くの、見たいです」

そして蚊《か》の鳴くような声でつけ足した。「…………ロザリーヌと一緒に」

言ってしまった直後、矛盾《むじゅん》する二つの感情が、まったく同時に湧《わ》き起こった。

後悔、そして達成感。

相反する精神状態はやがてぐちゃぐちゃのカオスとなり、クレヲはなにがなにやらわからなくなって――考えるのをやめた。

真っ赤に茹《ゆ》で上がっているであろう己の顔を隠すように、うつむき続ける。背後から彼女の視線をひしひしと感じる。

そしてロザリーヌは言った。

「…………ありがとう、クレヲ……」

クレヲの背中に寄り添うように、なにかが触れる。

ロザリーヌの柔らかな手だ。

「…………！」

クレヲの唇がぱくぱくと動いた。

しかし背中の感触が気になって、頭がなにも考えられない。

やがて彼女のほうから先にしゃべりだした。

「あの……ね、クレヲにはいっぱいいいっぱい、いろんなことしてもらったけど……もう一つ、お願いしていい……？」

「……え……？」

〝お願い〟と言われて、さすがに振り返る。

「えっと……なんでしょう？　僕にできることなら、はい、なんでも」

「あのね……クレヲの絵を、描いてほしいの」

「絵、ですか？　それは構いませんけど……なんの絵を描けばいいんですか？」

ロザリーヌは、ううんと首を振る。

「そうじゃなくて……クレヲを描いてほしいの」

「えっ、僕……？　僕の顔……を、ですか？」

「うん」

こくんと頷《うなず》いて、ロザリーヌは静かに微笑《ほほえ》んだ。

決意の剣

1

二日後、三枚の画用紙を無駄にしてから、クレヲはようやく自画像を描き終えた。緋緋色鉄《ひひいろてつ》の剣の刀身に自分の顔を映して見比べる。ロザリーヌの要望により、画用紙の中のクレヲは微笑《ほほえ》んでいた。しかし、刀身に映るその顔は眉間《みけん》に皺《しわ》を寄せている。

失敗作というわけではないが、いい出来だとも思えなかった。

（そもそも、僕の顔なんか描いて、いい絵になるわけないんだよ……）

しかしロザリーヌは喜んでくれた。

絵を高く掲げて、くるくる回りながら嬉《うれ》しそうに笑う。と、不意に彼女の顔がくしゃっと歪《ゆが》んだ――ように見えた。それはまるで泣きだしそうな顔で、クレヲはドキッとする。

ロザリーヌは回るのをやめ、絵を胸に抱いて、クレヲをまっすぐ見つめた。

「ありがとう、クレヲ。アタシ、死ぬまでこの絵を大切にする」

その顔に浮かぶのはいつもの微笑み。

（なんだ……気のせいだったのかな？）

ロザリーヌは絵を丁寧《ていねい》に折りたたみ、レインコートのポケットにしまった。

「あのね、お礼ってわけじゃないけど、クレヲをいいところに連れていってあげる。でももうちょっとだけ待って。もうちょっと、できれば青い薔薇《ばら》が咲くまで」

クレヲとしては、自分の絵で喜んでもらえればそれで充分だった。お礼だなんてとんでもない。しかし、なにやら秘密めいた物言いに興味を引かれた。どこに連れていってくれるのか尋ねてみるが、ロザリーヌは左右に首を振った。

「まだ内緒。……でもね、前にクレヲが行きたがっていた場所よ」

尖《とが》った犬歯をニッと見せつけ、それ以上詳しいことは教えてくれなかった。

思い当たる節もなく、クレヲは首をかしげる。

自分が、前に、どこに行きたいと言ったのだろうか？

2

それから二週間が過ぎた。

木々の葉は日ごとに赤く色づく。それはあっという間に森全体に広がった。

〝朝日の綺麗《きれい》な崖《がけ》〟に立ち、一面の紅葉を眺めてクレヲはため息を漏《も》らす。

（なんて綺麗なんだろう……）

目が覚めるような鮮やかな赤、やや薄い赤、くすんだ赤。はたまたオレンジ、黄。様々な色が葉を染めて、秋の森を燃え上がらせていた。わずかに残っている緑もいいアクセントだ。

毎日眺めていてもまるで飽きない。夢中になって絵にした。何枚も描いた。赤絵の具がどんどん減っていく。出来上がった絵を見て、クレヲは大いに満足した。こんな絵、グラント家の屋敷にいても絶対に描けないだろう。その日は特にいい出来だったので、早速ロザリーヌに見てもらおうとした。振り返って彼女の姿を探す。以前なら、クレヲのすぐ後ろで、絵が完成するのを今か今かと待ち構えていた。

「……あれ？」

今日のロザリーヌは、クレヲから少し離れた場所にいた。

接《つ》ぎ木した青い薔薇《ばら》の前に膝《ひざ》をつき、未《いま》だ細く頼りない茎《くき》を見つめて浮かぬ顔をしていた。

3

さらに一週間の時が経つ。

その日は朝から昼頃まで延々歩き回ったが、食べられそうな木の実は三つしか見つからなかった。よく見ると一つは虫食い。穴の中からなにかの幼虫が顔を出し、慌てて隠れるように引っ込む。ロザリーヌは言った。

「アタシは木の実以外のも食べてるから、これはクレヲが全部食べて」

しかし木の実を見つけたのはすべてロザリーヌだった。クレヲはただ、後ろについて歩いただけ。なにより彼女も、ここ数日は大物に出合えず、鼠《ネズミ》を数匹口にしたくらいである。全部もらうのはやはり心苦しい。

「いや、でも……」

「じゃあ、これだけもらうね」

ロザリーヌは躊躇《ちゅうちょ》することなく虫食いの木の実にかぶりついた。クレヲが止めても「平気、平気」と、中の虫ごと噛《か》み砕き、飲み込む。

動物の肉を、内臓を、血の滴《したた》るまま生で食べるロザリーヌにとって、虫を食べることなど、たいしたことではないのかもしれない。

それでもクレヲは申し訳なく思った。手渡された木の実は、かじりつくと妙に苦かった。

その晩、ロザリーヌにおやすみを告げて大木のうろに入ったクレヲは、寝袋にもぐり込んでもなかなか寝つけなかった。理由の一つは空腹のせいだ。午後も木の実を求めてさまよったが、結局二つしか見つからなかった。このまま食べるものがなくなったら、冬を迎えて凍死する前に飢え死にしてしまうだろう。

（思い切って、家に帰してくださいとお願いしてみようか……？）

屋敷に戻れば、厳しい冬は窓の外。充分な食事にありつけ、寒さに凍えることもない。だがそれで自分は満足なのか。

かつての日常に逆戻りするのを受け入れられるだろうか。

クレヲは自由に外出することを許されなかった。病弱だからということもあったが、なによりグラント家はこの国有数の名門なので、その子息が屋敷の外に出れば、よからぬ者に目をつけられる可能性が高かったからである。弟が生まれたことでクレヲは自由を得たが、それはグラント家の敷地内に限られた自由だった。必然的に部屋にこもって絵を描くことになる。それはそれで悪くはなかったが、今はもう満足できない気がする。

それはロザリーヌに出会ったから。

自分の創り出したものが誰かを喜ばせる。その幸せを知ってしまったから。

誰も見てくれない絵を描いて自分を慰める日々には、おそらく戻れないだろう。

(それに……どうせ屋敷に帰っても、あと何年生きられるかわからないし)

誰かが言っていたように、二十歳を越えるまで生きられないかもしれない。

仮に三十、あるいは四十歳まで生きられたとしても——死ぬときはきっと独りぼっちだ。

食事を運んできたメイドが死体に気づいて、ただ黙々と後始末をするのだろう。その報告を聞いた父は、眉《まゆ》一つ動かさないだろう。誰も悼《いた》まない。誰も偲《しの》ばない。あまりの惨《みじ》めさに、閉じたまぶたの隙間《すきま》から涙がこぼれ落ちる。

だったらここで、ロザリーヌがいるここで死んだほうがましなのでは。

そう思った。


その頃ロザリーヌは、かすかな月明かりの下、〝朝日の綺麗《きれい》な崖《がけ》〟にたたずんでいた。

接《つ》ぎ木をした青い薔薇《ばら》をじっと見下ろす。まだ蕾《つぼみ》も出来ていない。

「ねぇホンノー、あなたなら、この青い薔薇がいつ咲くかわかる？」

ホンノーは、さぁ、と答えた。

『私にもわからないわ。でも、もしかしたら次の春になるかもしれないわね』

「次の春？　そんな先になるかもしれないの？」

ロザリーヌの声に焦《あせ》りが滲《にじ》む。

『かもしれないって言っただけよ。どの花がいつ咲くかなんて、あなたが生きていくうえで必要ないこと、私は知らないわ。私が言いたいのは、あまり期待しすぎないほうがいいってこと。その青い薔薇、下手《へた》をしたら冬の間に枯れてしまうかもしれないのよ』

「そんな……！」

せっかくクレヲが接ぎ木をしてくれたのに、そしてそれは成功したのに、冬のせいですべてが無駄になってしまうというのか。

（……ううん、そんな問題じゃない）

それはロザリーヌにとって、ある意味どうでもいいことだった。ロザリーヌは、美しく花開いた青い薔薇《ばら》を、クレヲと一緒に見たいのだ。冬に枯れてしまおうが、次の春に咲こうが、そのときはすでに手遅れなのである。

「諦《あきら》めなきゃいけないのかな。クレヲと青い薔薇を見るのは……」

力なく呟《つぶや》いた。

ホンノーも、ロザリーヌの気持ちを察したようだ。

『そうね、冬はもうそこまで来ている。寒い日が続けば、きっと彼はまた病気になるわ。食べるものがなくて体力が落ちていたら、この間のようにはいかないでしょうね』

「……うん」

ロザリーヌは小さく頷《うなず》き、そのままうなだれた。

諦めるとしたら、別れの日はいつにする？　明日か、それともあさってか。

(明日……明日、クレヲとさよならする……？)

覚悟はしていたつもりだった。それでも、クレヲとの別れを考えると、胸が引き裂かれるくらいに苦しくなる。切なくなる。嫌《いや》だ。やっぱり嫌だ。

「……ねえ、ホンノー」

ロザリーヌは焦点《しょうてん》の定まらぬ眼差《まなざ》しで、うわごとのように呟いた。

「もしかしたら……もう二、三日したら、蕾《つぼみ》くらいは見られるかもしれないわよね……？」

『ロザリーヌ』

落ち着いた、それでいて厳しい口調の声が脳裏に響く。

『どうするかはあなたが決めなさい』

突き放すような言い方だった。

だが、その冷たさがロザリーヌの心に冷静さをもたらした。

ロザリーヌは瞳を閉じ、大きく息を吸って、吐く。

そして考える。クレヲの命と、自分の望みを天秤《てんびん》にかけ、悔いの残らない答えを求める。

ゆっくりと目を開けた。

「明日、もし寒かったら、クレヲを森の外へ連れていく」

『あなたの〝寒い〟と、彼の〝寒い〟は違うのよ』

「わかってる。クレヲが寒いって言ったらの〝寒い〟よ。でも、もし寒くなかったら……」

森の外へ連れていくのは次の日以降に持ち越す、ということだ。

『それをいつまで繰り返す気？』

「三日。その間に蕾が出来なかったら……そのときはもう諦めるわ」

ロザリーヌは祈るような顔で、月光に浮かび上がる青い薔薇の茎をじっと見据えた。

4

空が白々と明ける頃、クレヲは眠りから覚める。

出入り口であるうろの裂け目から入り込んだ冷気が、寝袋の中にまで侵入しようと隙間《すきま》を探しているようだった。冷えた空気の流れに頬《ほお》を撫《な》でられ、それで目が覚めたのだろう。

寝袋から這《は》い出すと、冷気が全身にまとわりついてきた。ぶるるっと体が震える。かじかむ指先に苦戦しながらブーツの紐《ひも》を結んでいると、外から声をかけられた。

「クレヲ、起きた?」

「あ、はい」

クレヲは裂け目をくぐって外に出る。

「おはようございます、ロザリーヌ」

「おはよう、クレヲ。……今朝はどう?」

質問の意味がクレヲにはわからなかった。なんと答えるか悩んでいると、一陣の風がびゅうと吹き抜ける。思わず首をすくめ、身を縮こまらせた。外の空気は、うろの中とは比べものにならないくらい冷えている。

「クレヲ……寒いの?」

ロザリーヌが恐る恐るという感じで尋ねてきた。二度目の質問。

(もしかして、僕の健康を気遣ってくれているのかな)

最初の質問は、今朝の体調のことを訊《き》いていたのかもしれない。嘘《うそ》をついてもしょうがないが、心配をかけたくもないので、努めて明るく元気に答えた。

「はい、今朝はちょっと寒いですねぇ。おかげで頭がすきっとしました」

あははは、と笑ってみせる。

「……そっか、寒いんだ」

ロザリーヌも笑った。二人で笑った。しかしクレヲはすぐに、あれ？　と思う。ロザリーヌの笑い方には妙な陰があった。その陰がなんなのかわかる前に、彼女はこう言った。

「わかった。じゃあクレヲ、出かけるから荷物をまとめて」

「はい？」

「崖《がけ》の前で待ってるから」

そしてロザリーヌは歩いていってしまった。

絵描き道具、水筒、緋緋色鉄《ひひいろてつ》の剣、寝袋……すべてをリュックにまとめて背負い、クレヲは〝朝日の綺麗《きれい》な崖〟に向かって歩きだす。正面の木立の隙間から、光の筋が幾本も走っていて、ときどきクレヲの目元を襲った。すでに朝日は顔を出しているのだろう。暖かな光の中で塵《ちり》が舞い、きらきらと輝いている。

まぶしさに目を細めながらクレヲは考えた。

（出かけるって、どこに行くんだろう。木の実を探すために遠出をするのかな？　それとも、前に言っていた〝いいところ〟だろうか）

木々の間を縫《ぬ》い、倒木を乗り越えると、周囲が一段と明るくなった。クレヲは木立を抜けて〝朝日の綺麗《きれい》な崖《がけ》〟に到着する。

黄金色の朝日を浴びて、ロザリーヌが立っていた。

逆光に照らされたその後ろ姿は、大自然を背景にして神々《こうごう》しいほどに輝いていた。

その壮麗《そうれい》さにしばし見とれる。声も出ない。

今日の彼女の姿は、特別に美しく感じられた。

美しく――それでいて胸が締めつけられるような切なさを漂わせている。

その後ろ姿を見ていると、クレヲは彼女が泣いているような気がして、つい声をかけるのを躊躇《ちゅうちょ》した。するとロザリーヌのほうがクレヲの気配に気づいて振り返った。

ロザリーヌは静かに微笑《ほほえ》んでいた。

クレヲを見て頷《うなず》く。「うん、じゃあ行こう」

自分の気のせいだったかと、クレヲはほっとしながら彼女の元へ向かう。

「あの……それで、どこへ行くんですか？」

そのとき音がした。ひゅっと風を切る音が。

振り返るロザリーヌの、背中と腰の中間になにかが突き立った。

驚愕《きょうがく》に歪《ゆが》んだ顔でロザリーヌはがくっと膝《ひざ》を折る。突き立ったのは一本の矢。目の前で起こったことが理解できず、クレヲは呆然《ぼうぜん》とする。

5

「坊や、今だ！　早くこっちに！」

声がした。男の声だ。クレヲが振り向くと、ここから十メートルほど離れた場所、森の茂みの奥に二人の男が立っていた。

「その矢には対魔獣用の痺《しび》れ薬が塗ってある！　今ならそいつの動きは鈍っているから大丈夫だ！　さぁ早く、走って！」

弓を持った、頬《ほお》に大きな傷痕《きずあと》のある男が、声を張り上げ手招きする。いきなり攻撃してきて、大丈夫だからこっちに来いと言っている。わけがわからない。頭の中が真っ白だった。ロザリーヌの呻《うめ》き声が聞こえた。そうだ、ロザリーヌが矢に撃たれた！

「ロザリーヌ、だ、大丈夫ですかッ!?」

ロザリーヌは地面に突っ伏していた。手足がひくひくと痙攣《けいれん》している。

「ううう……い……痛い……」

レインコートの裾《すそ》から蔓《つる》が伸びた。その動きは鈍く、弱々しい。突き立った矢に巻きつく。

ロザリーヌは拳《こぶし》を握り締め、食い縛った歯の隙間《すきま》から苦しげに唸《うな》る。

うぐぅう……っ！

矢が抜けると同時に、ロザリーヌの鋭い悲鳴がほとばしった。

「おい、坊や！　なにをしている！　早くこっちに来るんだ！」

頬《ほお》に傷痕《きずあと》の男が焦《じ》れたように叫ぶ。クレヲは素早くリュックを下ろすと、中から緋緋色鉄《ひひいろてつ》の剣を取り出し、構えることで、それに応えた。

「な……なんだ、あなたたちはッ！」

地面に伏したまま苦悶《くもん》するロザリーヌを後ろにかばう。

すると二人組のもう片方、藍色《あいいろ》のマントをまとった男が一歩前に出た。

「おいガキ、邪魔だから、そこどけっつってんだよ。一緒に燃やされてぇか」

苛立《いらだ》ちをあらわにそう言うと、右手を前に突き出す。

「待て待て、カルナック！」頬に傷痕の男は、慌ててマントの男の手を押さえつけた。「坊や、そいつは人間じゃない！　人喰《ひとく》い花という魔獣だ！　その姿と言葉で人を引き寄せ、名前のとおり食べてしまうんだ！　君は騙《だま》されている！」

「わかってます！　でも、違うんです！」

クレヲは叫んだ。ようやく事態が飲み込めた。彼らは——少なくとも頬に傷痕の男のほうは——人喰いの魔獣からクレヲを助けようとしていたのだ。だが、それは間違っている。

「彼女は、ロザリーヌは、確かに人間じゃありません。それは知っています。でも僕を食べようとはしていません。あ……いや、出会ったときは食べられそうになりましたが、でも！　今は違います！　森で迷子になった僕が今日まで、おそらく二か月ほどでしょうか、無事に生きてこられたのはロザリーヌのおかげなんです！」

一気にまくしたてた。

「ああ？　ロザリーヌだぁ？」

マントの男は肩をすくめて、隣の男に何事か話しかける。きっと魔獣に名前をつけるなんて呆《あき》れているのだろう。クレヲの顔がカッと熱くなった。恥ずかしいというよりは怒りだ。自分はともかく、ロザリーヌまで馬鹿にされたような気がした。なにも知らないくせに！

一方、頬に傷痕の男は、マントの男の話には応えず、真剣な眼差《まなざ》しでクレヲを見つめてきた。じっと、なにかを確認するかのように。そしてこう尋ねてきた。

「森で迷子になって二か月と言ったな。坊や……もしかしてクレヲ・グラントか？」

「え？　は、はい、そうですけど……」

突然、名前を呼ばれてクレヲは驚いた。

しかしドッグランはもっと驚いたようだった。

「クレヲ・グラント！」万歳するみたいに両手を挙げて叫ぶ。それからもう一度、高らかにクレヲの名を呼んだ。「クレヲ・グラント！　やったぞカルナック！　報酬二十万ゲルだ！　貧ぞよ、さようならだッ！」

クレヲには、頬《ほお》に傷痕《きずあと》の男がなにを興奮しているのかわからなかった。報酬二十万ゲル？

マントの男は苦虫を噛《か》み潰《つぶ》したような顔をしていた。あのガキを連れて帰る気か、俺たちは森の破壊者を狩りに来たんだぜ——などと言っているのが聞こえる。頬に傷痕の男は、噛みつくような勢いでマントの男へ詰め寄った。

「当然だ！　生まれて初めて転がり込んできた幸運だぞ！　お前が気が進まないと言うなら、俺一人で責任もって彼を連れていく！　その代わり、お前には一ゲルもやらん！」

マントの男はたじろぐように一歩下がり、それからチッと舌打ちする。

クレヲをじろっと睨《にら》みつけた。

「おい、ガキ！　家まで送ってやっからこっちに来い！　ぐずぐずしてんじゃねぇ！」

「よせ、怒鳴《どな》るな、カルナック。彼が怯《おび》えるじゃないか」頬に傷痕の男が、マントの男を押しのけるように割って入る。「坊や、俺の名はドッググラン、こいつはカルナックだ。俺たちは狩猟者だ。決して怪しい者じゃない。正直に言うよ。君をグラント家の屋敷まで連れていって、報酬が欲しいのさ。頼むから一緒に来てくれないか」

ドッググランと名乗った彼の言葉に、クレヲは真摯《しんし》さを感じた。報酬が欲しいと正直に言ってくれたのがよかった。信頼してもいいと思う。だが——。

そのとき、呻《うめ》き声を上げながら、ロザリーヌが体を起こした。痺《しび》れ薬の影響だろう。ゆっくりと、苦しそうに、吐く息も荒く、やっとのことで地面に膝《ひざ》をつきながら顔を上げる。

「だ……大丈夫ですか、ロザリーヌ」

クレヲは彼女の横にしゃがみ込んだ。肩で息をしながら、ロザリーヌはなにか言いたげにクレヲを見る。クレヲは待った。

「……いつら……」

「え……な、なんですか？」彼女の口元に耳を寄せる。

「あいつら……クレヲを、おうちに連れて帰るって……言ってるの？」

「あ……はい、そのようです……」

「そう……」

ロザリーヌはうつむいて、そして言った。

「いいよ……帰って」

「え……？」

クレヲは耳を疑う。

思いも寄らぬことを言われ、思考がついていかない。

「ほんとは……アタシも今日、そのつもりだったの……。でもアタシは、クレヲを森の外までしか連れていけない……。あいつらはクレヲを、クレヲのおうちまで連れてってくれるんでしょう？　あいつら、とっても腹立つけど……クレヲを連れてってくれるなら我慢するわ……」

「い、いや、でも……ロザリーヌが」

「アタシは、大丈夫……。だいぶ体も動くようになってきたから、もう少し休めば……」

だから行って――と言い、ロザリーヌはにっこり笑った。

額《ひたい》に玉の汗を浮かべながら、きっと精いっぱいの笑顔。

クレヲはすぐには動けなかった。

混乱する思考を必死に整理する。

家に帰って、またあの孤独な日々を過ごし、いつか孤独に死ぬのと、ロザリーヌに看取《みと》られながら人生の幕を閉じるのと。果たしてどちらが幸せだろうか、考える。

しかし答えは、昨日の晩に出ていた。

立ち上がって、二人の男に告げる。

「すみませんが、僕は家に帰る気はありません。報酬は諦《あきら》めてください」

「な、なんだって?」

ドッグランは目を丸くする。もう一人の男、カルナックも呆気《あっけ》に取られた顔をしていた。

そしてロザリーヌも。

「なにを言っているの、クレヲ……!?」

「家には帰らないって言ったんです」

「わかってるわ……! でも、あなた、言っていたじゃない。初めて会ったとき、森の外まで連れていってほしいって……おうちに帰りたいって……！」

「あのときはそう思っていました。でも今は違います。僕の願いは変わりました。忘れちゃったんですか？」

「……え？」

「僕はあなたと、青い薔薇《ばら》が咲くのを見たいんです」

ロザリーヌはしばし言葉を失った。

まぶたが見開かれ、濡《ぬ》れ光る緑の瞳がクレヲを見上げる。

愛らしい唇がわなわなと震《ふる》えた。

「で……でも、もしかしたら咲かないかもしれないわ。咲くとしても、もっとずっとあとかも。それまでに食べ物がなくなったら、クレヲ死んじゃう……！」

クレヲの気持ちは固まっていた。ゆえに即答する。

「いいんです。そうなったら、そうなったで」

「よくない！　クレヲが死んじゃったらダメ！」

ロザリーヌは今にも泣きそうだった。自分のせいで彼女が泣きそうになっていると思うと、クレヲの胸は痛んだ。でもわかってほしいのだ。

僕は君のことが――。

クレヲとロザリーヌのやり取りを聞いていた男たちは、小声で言葉を交わし合う。

「ドッグラン、まさか気が進まねぇとか言わねぇだろうな」

「……あぁ、わかってる、わかってるよ」

気がつけば、苦しげだったロザリーヌの表情は、だいぶ元どおりに近づいていた。額《ひたい》の汗も引いている。呼吸も少し乱れている程度。痺《しび》れ薬の呪縛《じゅばく》から完全に解放されるのもじきだろう。ほっとするクレヲの背中に、カルナックが呼びかけてきた。

「おいガキ、嫌《いや》がる奴を連れ帰るつもりはねぇが、もうそいつはお前を守ってはくれないぜ」

「……なんであなたにそんなことが言えるんです」

クレヲは振り返り、ムッとして尋ねる。

こちらの意志は告げたのだから、とっとと帰ってほしい。もう片方の男はともかく、このカルナックという男は好きになれなかった。

しかしクレヲの思いなどお構いなしに、なんでもないことのように彼は言った。

「なぜなら俺たちが狩るからだ」

その横でドッグランが、黙々と弓に矢をつがえる。

「な……ちょ、ちょっと待ってください！　なにを言っているんですか⁉」

「わかんねぇガキだな。俺たちは狩猟者だ。狩猟者が魔獣を狩るのは当然だろ」

「で、でも、彼女は僕を守ってくれました！　僕が熊《くま》に食べられそうになったのを助けてくれたこともあります！　ただの魔獣じゃないんです！」

「いいや、魔獣は魔獣だ」

カルナックは首を左右に振り、クレヲの主張をはねのける。

「お前だってさっき言ってただろう。最初、食《く》われそうになったって。お前はたまたま食われなかっただけで、人喰《ひとく》い花は人を食うから人喰い花っつーんだよ」

「そ、それは……」

言葉に詰まった。

確かに、ロザリーヌが気まぐれを起こさなかったら、クレヲもとっくに食われていただろう。それに、あのとき彼女はこう言っていた。

〝剣士を食べた〟

〝腹が立ったからとどめを刺さずに〟

「いや、でも、それはロザリーヌにとってただの補食行為で……！　け、決して彼女が邪悪な存在だからじゃ――」

「そんなことはわかってんだよ」

カルナックの声は氷のように冷たい。

「いいか、俺たち狩猟者は、狩りを始めたら野生のルールに従う。生きるために強い奴が弱い奴を食《く》う。それが野生だ。だから獣を殺すことに罪悪感はねぇ。獣に殺されても恨まねぇ。そのルールを貫くのが狩猟者の誇りだ」

弓を構えたドッグランが静かに頷《うなず》くのが見えた。

カルナックは獲物に狙《ねら》いを定めるようにロザリーヌを睨《にら》みつける。

「その人喰い花だって野生の中で生きてきたんだ。ロザリーヌ、ルールには従ってもらうぜ」

そして彼は右手を前に突き出した。クレヲは悟った。この男は武器を持っていない。きっと魔法使いだ。クレヲは、未《いま》だ地面に座り込んでいるロザリーヌに尋ねる。

「動けますか？」

「う、動けないことはないけれど……」

ロザリーヌは歯嚙《はが》みをし、悔しそうにかぶりを振った。普段どおり動けるようになるには、もう少し時間がかかりそうだと言う。逃げるにしても、戦うにしても、彼女が回復してくれなければ話にならない。クレヲは時間を稼がなければならなかった。カルナックの怒声が響く。

「わかったか、ガキ！　わかったならそこをどけ！　人喰い花がいなくなってもこの森に居続けたいかは、狩りが終わったあとにもう一度訊《き》いてやる！」

その言葉はつまり、クレヲが家に帰ろうと帰るまいと、彼らが報酬《ほうしゅう》を得られようと得られまいと、ロザリーヌを狩ることには関係ないということだった。

（だったら、僕にできることはこれしかない……！）

緋緋色鉄《ひひいろてつ》の剣を構えて、おのれを鼓舞するように叫ぶ。

「ロザリーヌを傷つける奴は……僕が許さないッ！」

狩猟者たちに向けた切っ先がカタカタ震《ふる》えていた。歯を食い縛り、両腕にあらん限りの力を込めても、それは止まらなかった。後ろと前方から同時に声が上がる。

「ダメ！　クレヲ、危ないからどいて！」

「坊や、馬鹿な真似《まね》はやめるんだ！」

ドッグランは弓を下ろし、クレヲとの距離を詰めようとする。だが、「待て、相棒」と、カルナックがそれを制した。肉食獣のような鋭い視線でクレヲを貫く。

「ガキ、俺はな、その気もねぇのに大口叩《たた》いてかっこつける奴が大嫌いなんだ」

カルナックの右手は、クレヲに向かって狙いを定めたままだ。

「十秒待ってやる。それでもそこをどかねぇなら、てめぇの覚悟が本物だって認めるぜ」

「坊や、剣を収めて早くそこをどくんだ！　こいつは〝いい覚悟だ、気に入った〟なんて言う奴じゃないぞ！」

「クレヲ、アタシのことはいいから！　無茶しないで！」

十秒はあっという間に過ぎる。

クレヲはどかなかった。

「わかった。お前から殺す」

カルナックは一呼吸置いて、魔法の言葉を唱える。「火焔《アグラエ》」

手のひらの前に、赤く輝く火炎球が現れる。ドッグランが「待て！」と叫ぶのと同時に、それは砲弾のように放たれた。火炎球はすさまじい勢いで迫りつつ、高度を下げて地を這《は》うような軌道に変化する。もしクレヲが飛び退《の》くと、未《いま》だ立ち上がれないでいるロザリーヌは火炎球との衝突を避けられない。それがあの魔法使いの狙《ねら》いか。しかし、

（火焔《かえん》魔法……なら、問題ない！）

クレヲは、運命の女神が自分を助けてくれたのだと思った。火焔以外の魔法だったら、こうはいかない。中腰の構えで緋緋色鉄《ひひいろてつ》の剣を地面に突き立て、火炎球を吸い取ろうとする。

女神どころか、それが悪魔のいたずらだとも知らず。

ロザリーヌがそのことに気づいていたわけではない。ただクレヲを守ろうと必死に蔓《つる》を伸ばしていた。しかし麻痺《まひ》状態から回復しきっていなかったため、動きの鈍った蔓はわずかに間に合わなかった。

火炎球は緋緋色鉄の剣に吸い寄せられ、呑《の》み込まれる。

そこまではクレヲの思惑どおり。

次の瞬間、切っ先に亀裂が走った。

腕に伝わる感触でクレヲは異変を察する。だがもう遅い。

剣の先端が――粉々に砕け散った。

吸い込まれた炎は、残された刀身の断面から、圧縮された熱エネルギーとして一気に解き放たれる。稲妻のような閃光《せんこう》がクレヲの両脚を包み込んだ。

脳裏に剣士グレッグの言葉が蘇《よみがえ》る。

『緋緋色鉄《ひひいろてつ》で作った剣は折れやすく、あまり実戦向けでは――』


「カルナック、お前、なんてことを……！」

ドッグランは呆然《ぼうぜん》と呟《つぶや》く。しかしこうなることはわかっていた。相棒であるこの魔法使いは、一度言ったことを違《たが》えない。やると言ったら本当にやる。とはいえ――

「相手はまだ子供だぞ。なにもここまでやらなくても……」

カルナックは眉《まゆ》も動かさず、ただこう言った。

「ガキといっても、自分の選択した行為がどういう結果になるのかくらいはわかる年齢だ。それよりもあのガキ、緋緋色鉄の剣を持っていたようだな。さすがは金持ちっつーことか」

だから火焔《かえん》魔法に立ち向かったのか。しかし当ては外れてしまった。

クレヲは吹き飛ばされ、うつぶせに倒れていた。

かすかだが、肉の焦《こ》げるような匂いがする。おそらく相当の火傷《やけど》を負っているだろう。

「クレヲ、クレヲ――!!」

人喰《ひとく》い花が地面を這《は》い、クレヲの体に寄りすがる。揺り動かす。

しかし反応はない。

「心配すんな、ドッグラン」と、カルナックは言った。「あのガキを殺したのは俺だ。お前は見てただけだ。いや、止めようとしていた。もし俺が捕まったら、ちゃんと証言するよ」

そしてもう一度繰り返す。だから心配するな、相棒――と。

「……馬鹿、俺がお前を保安兵に売り渡すとでも思っているのか」

ドッグランは大きなため息をこぼした。

「お前は狩猟者の生き方を貫いただけさ。だから……まぁ、しょうがない。相棒として、俺も覚悟を決めるよ。今やるべきことは、狩猟者として目の前の獲物を――」

ドッグランは改めてクレヲたちのほうに視線を向ける。そしてぎょっとした。

横たわるクレヲの体にすがりつき、人喰い花が涙に濡《ぬ》れた瞳でこちらを睨《にら》んでいた。

魔獣の形相《ぎょうそう》ではない。傭兵として戦場を渡り歩いた経験のあるドッグランはその顔を知っていた。愛しい者を傷つけられた女の怨恨《えんこん》が、人喰い花の顔に刻まれていた。カルナックですら、目を見張り、一瞬動けなくなる。

人喰い花の唇が、何事かを呟くように動いた。

殺してやる――と、ロザリーヌは言った。

ホンノーが『待ちなさい！』と叫ぶ。しかしロザリーヌは待たなかった。

人喰《ひとく》い花が、地面に座り込んだ姿勢のまま、大きく背中を反らせる。緑色の髪がざわざわと蠢《うごめ》く。ドッグランの狩猟者としての勘は、それが攻撃のための予備動作であると警告した。あれは息を吸い込んでいる？　なにをする気だ。いや、だいたい想像がつく……！

直後、人喰い花は紫の息を吐き出す。

勢いよく、まるで火を吐く竜のように。辺りは一瞬で紫の霧に包まれた。

「カルナック、吸うな！　毒ガスかもしれん！　いったん引くぞ！」

「馬鹿言うな！　人喰い花は森の破壊者なみに金になる希少種だぜ！　煙に巻かれて逃げられてたまるかよ！」

マントを口元にたぐり寄せ、カルナックは茂みから身を乗り出す。ドッグランは呼吸を確保するために姿勢を下げ、茂みの陰から獲物の姿を探した。相棒に諦《あきら》める気がないなら、一刻も早くこの狩りを終わらせるために全力を尽くすのが自分の役目だ。目を見張る。いた。

「奴はまだ、さっきと同じ場所にいるぞ！　狙《ねら》えるかッ？」

「任せろ！」

カルナックが右手を突き出す。

そのとき、ドッグランはふと気づいた。この紫の霧の、開花を迎えた薔薇《ばら》のような濃厚な香りの中に、どこかで嗅いだことのある匂いが交じっているのを。嗅覚《きゅうかく》は最も記憶と結びつきやすい感覚であるという。脳裏に浮かび上がる映像。かつて傭兵をしていたときの、あれは確か籠城戦《ろうじょうせん》、ドッグランは隊長の命令を受け、火薬庫へ――

「ま、待て、カルナック！」

「火焔《アグラエ》」

二人の声は同時。

実のところ、ロザリーヌの吐き出した紫の霧に毒性はなかった。その正体は、体内で生成された燃焼性の高い花粉を、光合成によって作られた酸素と混合した気体である。そこに今、火《か》焔《えん》魔法という着火元が現れた。花粉から花粉へ、燃焼が燃焼を呼び、気体は衝撃波を伴う勢いで熱膨張する。

粉塵《ふんじん》爆発。

轟音《ごうおん》。激震。〝朝日の綺麗《きれい》な崖《がけ》〟は業火《ごうか》に包まれ、熱風が吹き荒れた。

6

やがて静寂が訪れる。

焦《こ》げた匂いが、先ほど起こった大事の名残《なごり》として辺りに漂っていた。

爆発の中心となった場所から放射状に、無数の木々がへし折れ、真っ黒に煤《すす》けていた。惨状《さんじょう》は爆心地に近いほど酷《ひど》く、離れるほど穏やかになっていく。まるで途中で止まってしまったドミノ倒しのよう。

青い薔薇《ばら》はぎりぎりのところで爆発の被害範囲から外れていた。茂みや木々が爆風を防いでくれたのも幸いだった。とはいえ、未《いま》だ危《あや》うさの残る接《つ》ぎ目が折れずにすんだのは奇跡的といえるだろう。もしかしたら、これだけは運命の女神が守ってくれたのかもしれない。

そしてクレヲは意識を取り戻す。

自分を呼ぶ声が聞こえる。

「クレヲ、クレヲ、しっかりして……」

恐る恐るとばかりに肩が揺すられた。

「クレヲ、お願い、目を開けて……」

ゆっくりとまぶたを開く。

曇りガラス越しに世界を見ているようだった。視界がはっきりしない。ぼんやりと、ロザリーヌの顔が見えた。必死に目を凝らすと、彼女が安堵《あんど》の笑みを浮かべたのがわかった。

ロザリーヌの髪は千々《ちぢ》に乱れ、頭の花も、花弁の何枚もが無残にちぎれている。

(僕が意識を失っている間になにがあったんだろう……?)

リュックが、横たわる自分の横に置かれていた。

きっとロザリーヌが外してくれたのだろう。

クレヲは声を出そうとして驚く。口がうまく動かない。

懸命に顎《あご》に力を込め、肺から空気を絞り出して、やっとのことでか細い声を紡《つむ》ぎ出す。

「……あの……あの人たちは……？」

ロザリーヌが答える。「あの人……あいつらのこと？　大丈夫よ。もし生きていたとしても、ものすごい大怪我《おおけが》をしたはずだもの。もうあたしたちを襲ったりはできないわ」

もし生きていたとしても――ということは、それだけの攻撃をしたのだろう。

クレヲが気絶している間に、ロザリーヌが彼らを撃退したのだ。

(僕は結局……なにもできなかったってことか。とんだ役立たずだ……)

心の中に自虐《じぎゃく》の念が浮かんだ。

とにかく起きようと思った。しかしそれは声を出す以上に困難だった。体が言うことを聞いてくれない。まるで自分の体ではないみたいだ。

喉《のど》を唸《うな》らせながら渾身《こんしん》の力を振り絞っていると、ロザリーヌが慌ててそれをさえぎる。

「クレヲ、無理しないで！　すごい怪我をしてるのよ。脚が……血がいっぱい出てるわッ」

ロザリーヌはクレヲの脚に目を向け、おぞましいものを見たかのように顔を歪《ゆが》めた。

(血が、いっぱい……？　信じられない。ロザリーヌが嘘《うそ》をつくわけないけれど……)

だって全然痛くない。

痛くないどころか、感覚がまったくなかった。

脚がなくなってしまったんじゃないかという気にすらなる。

そのうち意識が混濁《こんだく》してきた。

ロザリーヌの顔がさらにぼやけてくる。目の焦点を合わせるのが難しい。

声も、まるで遠くから話しかけられているように聞こえる。

クレヲは本能的に理解した。奇妙な確信があった。

（僕、死ぬんだ……）

長くは生きられないと、そう思いながら生きてきた。ロザリーヌと共にいられるなら、この森で命を落としても構わないと覚悟を決めたはずだった。

それでもやはり、死を目の前にして、クレヲの心はおののいた。

（もうロザリーヌと話すことも、唄《うた》うことも、一緒に笑うこともできない……）

やっとつかんだ幸せをもう手放さなければならない。

それが切なかった。悲しかった。恐ろしかった。

クレヲは思う。このまま死ぬのは嫌《いや》だ。

なにか、なにか、今の自分に救いはないのか。

残された全身全霊の力で手を伸ばす。

震える手が握られた。ロザリーヌが握ってくれた。

「クレヲ、しっかり。アタシはどうすればいいの？　どうすればあなたを助けられるの？　いつもみたいに教えて」

必死の声が問いかけてくる。

「ロザリーヌ……」

焦点が合ってはまたぼやける彼女の顔を見据え、クレヲは呼びかけた。うん、どうすればいいの？　と、ロザリーヌが顔を寄せてくる。クレヲはかすれた声で告げた。

「僕が死んだら……食べてください」

「…………ッ!?」

ロザリーヌはぎょっとしたように身を引く。

「な……なにを……!?　なにを言ってるのよッ！」怒ったように叫んだ。「アタシはそんなこと訊《き》いてるんじゃない！　アタシが教えてほしいのは――」

「お願いです……。僕が死んだら、僕を食べてください。食べてほしいんです……」

構わずクレヲは繰り返した。

なにもできなかった自分は、せめてロザリーヌのお腹《なか》を満たすことで、最後に役に立ちたかったのだ。それに――

「食べてもらえれば、ロザリーヌの血肉となってずっと一緒にいられる。そう思うと……死ぬのが怖くなくなるんです……」

救いを求めるように、ロザリーヌの手を強く――かすかな力しか残っていないが――握る。

「やめて！　もうやめてッ！」

　ロザリーヌの声は悲鳴になっていた。

「クレヲの言ってること、わからない！　どうしてそんなこと言うのッ？　血肉だかなんだか知らないけど、アタシは生きているクレヲと一緒にいたかったの！　クレヲに生きていてほしかったの！　クレヲが死んじゃうくらいなら……一緒にいられなくてもよかったのにッ！」

　ぼんやりとだがクレヲには見えた。

　ロザリーヌの瞳から大粒の涙が溢《あふ》れ出していた。

　クレヲの手を握り返し、すがりつくように身を寄せて叫ぶ。

「ねぇ、お願いッ！　お願いだから死なないで、クレヲッ！」

　あぁ、そうか――と。

　このときクレヲははっきり悟った。

　これこそが救いなのだ。グラントの家では得られなかったもの。やっと手に入ったもの。

（僕は……その言葉が聞きたかったんだ）

　クレヲの顔に微笑《ほほえ》みが浮かんだ。

　意識が薄れゆく。待って、もう少し、彼女にこの一言を伝えるまで。

　泣き濡《ぬ》れたロザリーヌの顔を瞳に焼きつけながら、クレヲは思いを伝える。

「ありがとう……ロザリーヌ……」

そして静かに目を閉じた。

それはまるで安らかな寝顔のようだった。

「……クレヲ………？」

ロザリーヌは手を伸ばして、彼の頬《ほお》をそっと叩《たた》く。

二度、三度と繰り返す。

「クレヲ……起きて……」

優しく目覚めを促すように。

だが、何回叩いても反応はなかった。

「クレヲ………お願いだから目を開けてッ！」

ロザリーヌはクレヲの体を揺さぶった。脳裏に声が響いた。

『やめなさい！　動かすと出血が酷《ひど》くなるわ！』

ハッとして手を止める。クレヲの両脚に目を向ける。

彼のズボンもブーツも、ほとんど原形をとどめておらず、患部が剝《む》き出しになっていた。皮膚の奥までダメージが届く重度の火傷《やけど》。肉が変色し、ところどころ焼けただれている。目を覆《おお》いたくなるほどのありさまだった。さらに、緋緋色鉄《ひひいろてつ》の剣の破片で大きく肉がえぐられている箇所《かしょ》があり、先ほどから出血が止まらない。

(血が……あぁ……血があんなに……どうしよう……)

真っ赤な血の色が、地面に広がる血溜《ちだ》まりが、ロザリーヌから冷静さを奪っていく。

思考が〝どうしよう〟で空回りする。

『落ち着きなさい！　彼の胸に手を当てて、早く！』

ホンノーの声は鋭く、ロザリーヌは我に返り、急いでそのとおりにする。

かすかな、かすかな鼓動が、手のひらに伝わってきた。

『心臓は……まだ動いているわね』

「ホンノー、あなたならわかる？　クレヲを助けるにはどうすればいいの？」

ロザリーヌは頭の中の相手に詰め寄る。

しかしその答えは想像できていた。ホンノーは、今まで何度となく告げた言葉を繰り返す。

『私が知っているのは、あなたが生きていくうえで必要なことだけよ、ロザリーヌ』

そして、言いよどむように一瞬沈黙し、それからこう続けた。

『今、言えることは、彼の意思を尊重すべきなんじゃないかしら、ということだけね』

「尊重って……なに？　どういうこと？」

『彼の最後の願いを叶《かな》えてあげるべきじゃないかしら、ということよ。言っていたでしょう、彼……あなたに食べてほしいって』

「やめてッ!!」

ロザリーヌは金切り声を上げる。

しかしホンノーはやめなかった。

その言葉からは、たとえ耳を塞《ふさ》いでも逃《のが》れられない。

『彼が死ぬのは時間の問題よ。食べないつもり？　食べないでどうするの？　放っておいても、腐って、虫が湧《わ》いて、泥みたいにぐちゃぐちゃと溶けていくだけよ。そうなるくらいなら、今食べてしまったほうがいいと思わない？　彼も望んでいることなのよ？』

「うるさい！　うるさい！　そんなこと聞きたくない！　黙れッ！」

泣き叫んだ。

頭を振り回し、地面に叩《たた》きつける。

怒りをぶつけるように何度も地面を打つ。崖《がけ》際の地表は硬く、額が裂けて血が噴き出す。

『わかったわ！　もう言わない！　だからもうやめて！』

悲鳴に近い声が響く。

ロザリーヌは荒い呼吸を繰り返しながら、ようやく顔を上げた。

血と涙が、顎《あご》の先からぽたぽたと滴《したた》り、レインコートの胸元にこぼれ落ちる。

頭の中で痛みと絶望が渦を巻く。朦朧《もうろう》とする意識で自問した。

どうしてこんなことになってしまったのか。

「…………アタシのせいだ……」

地面にへたり込み、呆然《ぼうぜん》と空を仰いで呟《つぶや》く。

「アタシが、青い薔薇《ばら》が咲くのを待ったりしなければ……すぐにクレヲを帰していれば……」

こんなことにはならなかったのに。

残酷すぎる答えだった。

ロザリーヌは今こそ、後悔とはなんなのか思い知った。

きっと一生忘れない。この答えは、死ぬまで自分を苦しめるだろう。

（嫌《いや》……そんなの……）

ロザリーヌは横たわるクレヲに視線を下ろす。

それならいっそアタシも――。

そのときだった。『あ……！』と、頭の中で声がした。

なにかに気づいたような、そんな一言。

「……なに……ホンノー……？」

ホンノーは答えなかった。それがよけいに怪しかった。

「なによ……なにか思いついたんじゃないの？　言って！　言いなさいよッ！」

言わないと――ロザリーヌは地面に向かって再び頭を振り下ろす。

『やめなさい！　わかった、言うわ！』

血まみれの額が地面に当たる寸前で止まった。

『ただの閃《ひらめ》きよ。それを承知で聞いて。いい？　あなたの肉体は優れた再生力を持っているわ。人間なんかとは比べものにならないくらいの。さっき背中に受けた矢の傷も、一晩もすれば塞《ふさ》がるはずよ』

「……それが、なに？　アタシの傷なんてどうでもいいの！　今はクレヲを――」

『いいから聞きなさい！　つまりね、青い薔薇でふと思いついたの。あなたのその脚を切り落として、ボロボロになった彼の脚と交換すれば……もしかしたらよ、もしかしたら、接《つ》ぎ木みたいにくっつくんじゃないかって』

　脚を切り落とす。

　ロザリーヌは自分の二本の脚を見た。切り落とせば血が噴き出し、激痛が走る。ただの激痛じゃない。あるいは、あまりの痛さに――死んでしまうかもしれない。

「ありがとう、ホンノー」

　それでもロザリーヌはためらわなかった。もう一度、辺りを見る。クレヲの手から離れた緋《ひ》緋色鉄《ひいろてつ》の剣が、彼の体から五メートルほど先に落ちていた。蔓《つる》を伸ばして拾い上げる。剣先が砕けて、二十センチほどしか刀身は残っていなかった。だが、なんとかなるだろう。リュックも回収する。

『待って！　本当にやる気なの？　うまくいくとは限らないのよ』

　ロザリーヌは、蔓と、自分の腕を使って、クレヲの体をそっと抱き上げた。

「青い薔薇《ばら》の接《つ》ぎ木をするときも、同じようなことをクレヲは言っていたわ」

絶対に成功するわけじゃない。

失敗する可能性のほうが高いと思う。

「それでも接ぎ木は成功した。今だって、やればクレヲを助けられるかもしれない」

力強く歩きだす。

「だったら、やるに決まってるじゃない」


クレヲを、彼の寝床である大木の前まで運ぶと、ホンノーの意見を聞きながら準備を整えていった。できるだけまっすぐな枝を六本かき集める。接合面がずれないように固定するためだ。青い薔薇を接ぎ木したときは細長い草で結わえつけたが、今回はさらなる強度が必要なので、ロザリーヌの蔓《つる》を紐《ひも》として使うことにする。

手早く準備を進める中、ホンノーの独り言がぽつりぽつりと脳裏に響いた。

『私、どうかしていたわ……。こんな、あなたの命を危険にさらすようなこと、決して言うべきじゃなかったのに……』

ロザリーヌは手を休めずに話しかける。「もしも、さっきあなたが黙ったままだったら、クレヲを助ける方法を教えてくれなかったら、アタシ、あなたを絶対に許さなかったわ。一生恨《うら》んだと思う。……だから本当にありがとう。大好きよ」

しばらくして、ホンノーが尋ねた。

『私と彼、どっちのほうが好きなの？』

ロザリーヌはほんの一瞬だけ手を止め、それから申し訳なさそうに苦笑いする。

「ごめん、やっぱりクレヲ」

『……だと思ったわ』

ホンノーは諦《あきら》めたような声で呟《つぶや》いた。

別々の人格とはいえ、ロザリーヌとホンノーは一つの体を共有する仲だ。共に生まれ、共に死す。かつてロザリーヌは否定したが、二人はやはり同じ存在なのだろう。

しかしロザリーヌはクレヲを選んだ。

なにかを自分よりも大切にする——その感情をなんと呼ぶのか、魔獣の本能たるホンノーにはわからない。

ロザリーヌはクレヲと出会うことで、ホンノーには理解できない存在へと徐々に変わっていってしまった。ホンノーにはそれが少しだけ寂しく思えた。

以前のホンノーなら、そんなことで心を動かしたりはしなかっただろう。

徐々に変わっていったのだ。気づかないうちに、ホンノーも。

そしてすべての準備が完了する。

考えた結果、ロザリーヌはまず自分の脚から切断することにした。魔獣である自分の脚は、切り落としてもしばらくは生命力を保ち続けるだろうという判断だ。

緋緋色鉄《ひひいろてつ》の剣の柄を握り、自分の太ももに刃を押し当てる。ひやりとした感触に、ぞっと寒気を覚えた。腕が震えた。ロザリーヌは剣が嫌い。痛いことが大嫌いなのだ。

（……馬鹿！　クレヲを助けるためよッ！）

つばを飲み込み、歯を食い縛る。

ロザリーヌは魔獣としての凶暴性を自らに向けた。

恐怖に怯《おび》える自分の心に牙を突き立てた。

鈍い光を放つ刃を、力いっぱい押し込み、一気に横へ引き抜く。

それから三十分あまりの時間、ロザリーヌは血と悲鳴を吐き出し続けた。

おやすみロザリーヌ

1

クレヲは、かつてグラント家に雇われていた庭師であるヨーゼフの家にいた。

なぜだかすぐに、あぁ、これは夢なんだな、と理解できた。

きっと人生で最後に見る夢。最期の眠りにつくときに見る夢。

現実に、クレヲがヨーゼフの家に行ったのはたったの一度きりだ。病に伏したヨーゼフが、死ぬ前にクレヲの顔が見たいと言ったのだ。彼の弟子が、執事のマーカスに必死にかけ合って、クレヲは外出を許された。

今クレヲは、あのときと同じく、ベッドに横たわるヨーゼフの前に立っている。

逞《たくま》しかったヨーゼフの体は一回り縮んだみたいだった。細くなった首にはたくさんの筋が走っている。顔色も悪く、頬《ほお》がこけて、頭蓋骨《ずがいこつ》が透けて見えそうだ。

それでも彼の眼差《まなざ》しは変わらなかった。力強い光を放ちながら、優しくクレヲを見つめる。

「坊《ぼっ》ちゃん、よくおいでなすった。狭っ苦しいボロ屋ですが、今、椅子《いす》を――」

懸命に体を起こそうとするヨーゼフを、クレヲは慌てて制した。

「……こんなざまで申し訳ありません」

クレヲは、気にしないでと、首を横に振る。むしろクレヲのほうこそ謝りたかった。

「ごめんね、ヨーゼフの代わりに、僕が覇王樹《はおうじゅ》の花が咲くところを見届けられたらと思ってたんだけど……ダメだったよ」

「そうですかィ。そいつァ残念でさァ……」

ヨーゼフは寂しそうに天井を見上げた。

「でもね、僕はそれなりに満足しているよ。長い人生じゃなかったけど」

「おや、なにかいいことがあったようですね」

たとえ夢でも、久しい友人に会えたのだ。聞いてほしかった。今の自分が決して不幸ではないということを。

「好きな子ができたんだ」

「ほう！」

ヨーゼフは目を真ん丸にし、それからニヤリとして、最後にわっはははと笑った。声はかすれていたが、かつての豪快な笑いの片鱗《へんりん》が残っていた。

「そいつァなによりでさァ！　どんな子ですかい？」

「うーんとねぇ、見た目は普通の女の子だよ。あ、まぁ、ちょっと普通じゃないところもあるけど。だからきっと、会ったらヨーゼフはびっくりすると思うな」

「ほう、ほう！　そいつァ、ぜひお会いしてみたいですな。しかし坊《ぼっ》ちゃん、このヨーゼフ、滅多なことじゃあ驚きませんぜ」

「どうかなぁ。なにか絵を描く道具になるものある？　描いてみせるよ」

するとヨーゼフは、煙草《たばこ》の煙に燻《いぶ》された黄色い歯でニッと微笑《ほほえ》み、首を横に小さく振る。

「いやァ、そいつはまた今度の楽しみにしておきましょう」

「え？」

「今度、またいつかお会いできたときにお願いしますぜ。なに、そう急ぐこたァありませんや。人間、誰だっていつかはそのときを迎えるんです。でも坊ちゃんはまだ早い。もうちょっと、そちらでゆっくりしていってくだせェ。あっしは一足先に行って、奥さまと一緒にのんびりお待ちいたしやす」

不意にヨーゼフの姿が、もやのように薄くなる。

気がつけば、辺りのすべてが白くぼやけていた。壁も、書き物机も、部屋を照らすランプも、天井まで。

「ヨーゼフ!?　これは……！」

戸惑うクレヲに、ヨーゼフはもう一度ニヤリと微笑んだ。

「坊ちゃん、その子とお幸せに。一つご忠告。女の子を泣かせちゃいけませんぜ？」

その言葉を最後に、世界は乳白色に溶けて消える。

気がつくと場面が変わっていた。

世界は白から黒へ。視界がはっきりしてくると、それが自分のよく知っている風景だとわかる。森の生活でクレヲが寝床にしていた大木のうろ、その内側の、濃い影に覆《おお》われた天井部分だ。クレヲは寝袋を敷いて仰向けに横たわっていた。

がばっと跳ね起きる。

（これは、まだ夢なのか？）

クレヲが混乱する中、真っ先に訪れた現実感は猛烈な飢えと渇《かわ》きだった。荒れくるう内臓感覚は、とてもこれが夢だとは思えないほど真に迫っている。いったいどうなっている？

出入り口の亀裂の外は薄暗かった。夜明け前、あるいは夕暮れ時か。

亀裂から顔を出すと、柔らかな微風が頬《ほお》を撫《な》でた。産毛《うぶげ》のそよぐ感触が妙に生々しかった。

（夢じゃないのか？　でも僕は……）

記憶をたぐり寄せる。確か、狩猟者だという二人と相対し、緋緋色鉄《ひひいろてつ》の剣が砕けて、気づけば地面に倒れていた。全身に力が入らず、音も視界もぼやけ、意識が着実に遠のいていく。ああ、これが死か――と、クレヲは覚悟した。

（だけど、まだ生きている……）

うろから外に出る。辺りにロザリーヌの姿はない。呼びかけても返事はない。その代わり、地面におびただしい血の跡を見つけた。それと、べっとりと血塗られた緋緋色鉄の剣。

クレヲは不安に駆られ、〝朝日の綺麗《きれい》な崖《がけ》〟に向かって走りだした。と、脚に違和感を覚える。なにかおかしい。なにかが今までと違う。たとえば妙に脚が軽い。自分はこんなに速く、軽やかに走れたことがあっただろうか。立ち止まって、見る。

クレヲの脚が、クレヲの脚ではなかった。

明らかに肌の色が違う。脚のつけ根のすぐ下に、見るも痛々しい傷痕《きずあと》が太ももを一周し、そこから下の肌は透き通るように白かった。見覚えがあった。これは――ロザリーヌの脚だ！

再び走りだした。

幹の表面が黒く焦《こ》げた木を見つけた。折れた枝が無数に散乱していた。今さらだが、今の自分は素足だった。しかし構わず踏み潰《つぶ》し、駆け抜ける。ちっとも痛くない。低木の枝をくぐって崖に飛び出す。

クレヲは、あッ！　と叫んだ。

焼け焦げた地表のところどころが無残にえぐれ、変形していたからではない。それはただの視覚情報としてクレヲの脳を素通りした。驚いた理由は別にある。

突き出た崖の中央にロザリーヌを見つけたからだ。

今まさに昇らんとする朝日を迎えるような、その後ろ姿を。

ただ、彼女の体の位置が妙に低い。レインコートの裾《すそ》が地面に大きく広がっている。

あれではまるで、腰から下が地中に埋まっているようではないか――。

「ロザリーヌ！　いったいどうしたんですか!?　ロザリーヌ!!」

クレヲは彼女の名を叫び、駆け寄ろうとする。

その瞬間、ロザリーヌの背中から蔓《つる》が飛び出した。レインコートの焼け焦《こ》げた穴から、数本の蔓が伸びてクレヲに襲いかかる。わけもわからぬうちにクレヲは絡め取られた。蔓の一本が首に巻きつき、ぎりぎりと締め上げる。宙に吊り上げる。

「ロザリーヌ……なぜ……ッ？」

どうしてロザリーヌが自分を攻撃するのかわからなかった。いったいなにが、自分の知らない間になにが起こったのか。クレヲは首に巻きつく蔓に指をかけ、必死にもがいた。呼吸困難に喘《あえ》ぎながら懸命に呼びかけた。ロザリーヌ、やめてください、どうしてこんなことを……ロザリーヌ……!!

と、そのとき、絞首刑の紐《ひも》がすっと緩《ゆる》んだ。

クレヲの体は蔓によって高々と持ち上げられる。ひっくり返った視界に、崖《がけ》の下の景色が飛び込んだ。まさか放り投げるつもりかと、総毛立つのもつかの間――クレヲはロザリーヌの目の前に静かに下ろされた。体中に絡みついていた蔓もぱらりとほどける。

「急に近寄ってくるから、獣かなにかが襲ってきたのかと思ったわ。気をつけてくれる？」

ロザリーヌの額には不機嫌そうな皺《しわ》が刻まれていた。

忌々《いまいま》しげにクレヲを睨《にら》みつける。

2

「ロザリーヌ……？」

鋭い視線に射貫《いぬ》かれて、クレヲは凍りついたように動けなくなる。

ロザリーヌはいかにも面倒臭そうにため息をこぼした。

「私はロザリーヌじゃないわ」

「え……？」

意味がわからなかった。ただ、彼女が自分のことを〝私〟と呼ぶ違和感に戸惑うばかり。

「理解できないのは無理ないけど——あの子はよく、頭の中の誰かと話していたでしょう。私がその誰かよ。あの子は私をホンノーと呼んでいたから、必要ならあなたもそう呼びなさい」

「ほ……ホンノーさん？」

彼女の口調は、かつての家庭教師たちのように冷たく、揺るぎなく、尊大で、クレヲは思わず〝さん〟づけで呼んでいた。ええ、と頷《うなず》く彼女に、恐る恐る尋ねる。

「あの、じゃあロザリーヌはいったい……？」

するとホンノーは再びじろりと睨みつけてきた。クレヲは震え上がり、尻餅《しりもち》状態のまま思わず一歩退く。ロザリーヌも怒ると怖かったが、今の彼女はそれとはまるで〝怖い〟の質が違った。まさしく別人だ。ホンノーは苛立《いらだ》たしげにふんと鼻を鳴らし、事の子細を語りだす。

「もう気づいているでしょうけど、あなたのその脚はロザリーヌのものよ」

クレヲの脚の損傷は激しく、放置すれば確実に命を落としていた。だからロザリーヌは、自分の脚をクレヲに譲った。地獄の責め苦にも劣らぬ激痛を伴いながら、ロザリーヌは最後までやりきった。木は幹などが傷つくと、樹液が溢《あふ》れてその傷を塞《ふさ》ごうとするが、同じようにロザリーヌの血液は、二人の体の接合面を短時間で塞いだ。しかし肉と肉、骨と骨が融合するにはもっと時間がかかる。

「木の枝を添えて、ロザリーヌの蔓《つる》で固定し、じっと待ったわ」

一瞬の気の緩《ゆる》みも許されなかった。三日三晩、一睡もせず、飲まず食わずでひたすら待ち続ける。多量の出血により衰弱するクレヲへ、少しでも足しになるのではと自分の体を切り裂いてその血を飲ませた。何度も、何度も。

「この子の場合、三日もあれば折れた骨もくっつくの。だからもう大丈夫だろうって私は言ったわ。でもこの子は、念のためにもう少し待つって――」

さらに二晩、ロザリーヌは耐えしのいだ。

そしてつい数時間前、寝ているクレヲの足がひくっと動いた。神経がつながった証《あかし》である。

それを見てようやくロザリーヌは全身の力を抜いた。

「でもね、あなたを助けるためにこの子は自分の命を傷つけすぎた。肉体も精神もボロボロになっていたわ。だからこうして眠りについたの」

いずれ失った脚も元どおりになるらしい。しかしそれには何年かかるかわからない。ロザリーヌはそれまでずっと眠り続けるという。

クレヲの瞳から涙がこぼれた。

あとからあとからとめどなく溢れ出た。

(僕のせいで……僕なんかのために……どうして……)

焦《こ》げ跡の散らばるロザリーヌのレインコート、そのポケットは大きくふくらんでいる。

クレヲが今まであげた絵が中につまっているからだ。大切に、肌身離さず。

それが答えだった。

しばらくしてホンノーがまた続ける。

「この子が自分で決めたことだから、あなたを責めるつもりはないわ。でもね、悪いけど、この子はもうあなたを守ってあげられないの。あなたたちが毎朝顔を洗っていた川があるでしょう。あの川に沿って上っていきなさい。いずれ本流につながるから、あとはその下流に向かっていけば——何日も歩くことになると思うけど、そのうち森の外に出られるはずよ」

その声は、先ほどより少しだけ温かく感じられた。

クレヲのためを思って言っているのが伝わってくる。

しかしクレヲは、かぶりを振って答えた。

「僕も……ここにいます。最期までロザリーヌと一緒にいたいんです」

冬はもう間近に迫っている。少なくなった獲物を求めて、飢えた肉食獣たちが森をさまよっていることだろう。それらと出会ってしまったらもうおしまいだ。だったら、最期の一瞬までロザリーヌのそばにいたい。

「この子は命懸けであなたを助けたのよ。あなた、それを無駄にするつもり？」

それもわかっていた。

わずかにでも生きて森を出られる可能性があるなら、それをしないのはロザリーヌの思いを裏切ることになってしまう。

だけど、それでも――。

クレヲの心は激しく揺れた。

川に沿って歩いても、無事に帰れる保証はない。

しかし、ほぼ間違いないと思われることが一つある。もしこの場を立ち去ったら、肉食獣の餌《えさ》になるにしろ、グラント家の屋敷までたどり着けるにしろ、もう二度とロザリーヌに会うことはできないだろう。二度と、永遠に。

（嫌《いや》だ……そんなの……ッ）

心が二つに引き裂かれそうだった。

ここにいたい。ここを離れなければならない。

ホンノーが、やれやれとため息をついた。

「仕方ない子ね。まぁ、今のあなたなら、この森で生きていくことも可能かもしれないけど」

え？

クレヲは目を見開く。

「あなた、気づいてないのでしょうね。自分の髪の毛と瞳が緑色になっていることに」

一本抜いて見てみなさい、と言われる。

ぷちっと引き抜いたクレヲの髪は——ロザリーヌと同じ色をしていた。

「これは……!?」

そのとき、山際から朝日が顔を出し、クレヲの体は黄金色の光に包まれる。

髪の毛がざわざわと揺れ動いた。なにかに命じられるように深呼吸をすると、不思議な力が体中に湧《わ》いてくる。

光合成。

ロザリーヌの命がクレヲの中に根づいたのだ。

「その脚が完全になじめば、きっとこの子と同じくらいの速さで走れるようになるでしょうね。そうすれば、危険な獣から逃げるくらいのことはできると思うわ」

クレヲは両脚にそっと触れる。

ロザリーヌがくれた、世界で一番の贈り物。

「ありがとう、ロザリーヌ……」

込み上げる想いが涙となって、また頰《ほお》を伝った。

「でもそれは、あなたが森の外まで無事にたどり着くのも難しくはないって、そういうことでもあるのよ。それでもやっぱりここにいるつもりなの？」

「……ええ。僕にはやることがありますから」

ホンノーは小さく首をかしげる。

クレヲは立ち上がって、青い薔薇《ばら》の前まで歩いていった。今日もまだ蕾《つぼみ》は出来ていないが、日々着実に成長している。いつかきっと鮮やかな青い花を咲かせるだろう。

「この青い薔薇が枯れないように手入れをしなければなりません。あと、芽が増えたら、また接《つ》ぎ木します。ここを青い薔薇でいっぱいにします」

いつの日か、ロザリーヌが目を覚ましたときのために。

「そう」ホンノーは振り返って、薔薇とクレヲを順に見る。「でもね、はっきり言うと、あなたの存在は、私にとって歓迎すべきものではないわ。あなたがいると、この子はまた無茶をするかもしれない。いいえ、きっとするわ」

ホンノーの目が冷たい輝きを放つ。

しかしそのあと、ひょいっと肩をすくめた。

「だけど、目を覚ましたときにあなたがそばにいたら、この子はきっと喜ぶわね。だから、まぁ、しょうがないわ。その代わり、絶対に死なないでよ。眠りから覚めて、最初に目にするのがあなたの死体だったら、取り乱したこの子がなにをするかわからないから」

「わかりました。約束します」

決して死なないと。

ホンノーは一瞬――ほんのちょっとだけ――笑ったような顔をした。

「じゃあ私はもう引っ込むわ。こうして表に出てると結構疲れるのよ。あとはよろしくね。あ、一つだけ言っておくけど、この子の体に不用意に近づかないでね。獣と間違えて攻撃してしまうから。どうしても近づくときは、穏やかな気持ちで、そっとね」

殺気など、激しい感情に反応して攻撃するらしい。クレヲは苦笑いして、それも約束する。よろしい、と一言。ホンノーは前を向く。それ以上、なにも言わなくなった。

クレヲは、たった今交わした約束どおり、深呼吸して心を落ち着けてから、ゆっくりゆっくりと彼女の前に歩いていった。

静かに瞳を閉じた安らかな寝顔はロザリーヌのものだった。

そーっと腰を落とす。

ロザリーヌの頰に土の汚れがついていた。親指で優しく拭《ぬぐ》った。

しばらくして、朝日がその姿をすべて現した頃、クレヲは彼女の耳元に囁《ささや》いた。

「ロザリーヌ、君が目を覚ましたら真っ先に言うよ」

青い薔薇《ばら》の花束と共に伝えよう。

「僕は君を愛している」

ロザリーヌは楽しい夢でも見ているのだろうか。

小さな小さな声で、うくくっと笑った。

エピローグ

冬が来た。

草木も、獣も、人間も、等しくその厳しさにさらされる。

多くの命が終わりを迎え、次の命の糧《かて》となる。やがて訪れる春のために。

巡る季節。繰り返す生と死。そして時代は移りゆく。

十年の歳月が流れた。

その間、大きな戦争があった。あえなく敗北し、侵略され、この王国は植民地となる。なき王家とつながりが深かったグラント家は、占領国によってほとんどの財を没収され、間もなく没落した。

一般の民にも重税が課せられ、貧しい村は次々と潰《つぶ》れていく。クランベラの村人は飢えの苦しみに耐えかねて、ついに魔物がひそむという森に足を踏み入れる。

しかし皆無事に戻ってきた。その後も村人は、狩りや山菜採りに森へと入ったが、噂《うわさ》の魔物は現れなかった。村はなんとか廃滅《はいめつ》を免《まぬが》れた。

あるとき、一人の猟師が森で迷った。一晩さまよい、翌朝ようやく村に戻ってこられた。ぐったりと疲れ果てた顔で彼は言った。真夜中の森の奥から、男女二人の歌声が聞こえてきた、と。「この森には妖精《ようせい》が棲《す》んでいるんだ」

きっと愛しあうつがいの妖精だろうと村人たちは噂した。

それはそれは幸せそうな歌声だったという。

あとがき

お久しぶりです。小木君人です。ちょうど一年ぶりの新刊となりました。

さて、今回の物語を僕が思いついたのは、今から三年以上前のことです。まだプロデビューしていなかった頃、当時の僕は『世界樹の迷宮』というゲームにどっぷりハマっていました。

そのゲームに、アルルーナという半人半植物の少女型モンスターが登場します。そのモンスターと初めて遭遇した僕はこう思いました。

〝なにこの子、とっても可愛いよ！〟

アルルーナは樹海の奥深くで独りぼっちです。せっかく人間がやってきても問答無用で襲いかかります。友達なんてできるわけありません。そうやって、いつか凄腕《すごうで》の冒険者に倒される日まで、誰とも心を通わせずに生きていくのです。なんて切ない。なんて儚《はかな》い。

もしもアルルーナが、一人の少年と出会ったときに、なにかのきっかけで、ほんのちょっとの気まぐれで、その少年を生かしておいたら――どうなるだろうか？

それが『森の魔獣に花束を』の原点です。

それから月日は流れ、紆余曲折《うよきょくせつ》ありましたが、ついに作品として完成し、皆さんにお届けできるようになりました。まさに感慨無量《かんがいむりょう》です。僕に着想を与えてくれたこのゲームに最大級の敬意を捧げます。

そして素敵なイラストを描いてくださったそとさん、本当にありがとうございます。

ロザリーヌは魔獣で、背中から触手が伸びて、血の滴《したた》る肉を生で食べます。言葉だけで表現すると、ヒロインとしては危険水域に近いグロさなのではないでしょうか。しかし、そとさんのイラストのおかげで、ロザリーヌは可愛いよ、大丈夫ですよと、皆さんにわかってもらえるのです。イラスト万歳。そとさん万歳。

最後になりましたが、もちろん読者の皆さんにも心よりお礼申し上げます。初めて僕の本を読まれた方も多すでに本編を読み終えた方、どうもありがとうございます。

いのではないでしょうか。今後ともぜひよろしくお願いします。

手には取ったけど、まだ買うかどうか考え中の方、どうかそのままレジまで持っていってください。本が売れないと、結構な死活問題なのです。僕が次の作品も出せるように、どうかご協力ください。いや、もう本当に。

それでは、皆さんにまたお会いできることを切に願いながら――。

二〇一二年四月

小木君人

GAGAGA

ガガガ文庫

森の魔獣に花束を

小木君人

発行　2012年4月23日　初版第1刷発行

発行人　佐上靖之

編集人　野村敦司

編集　濱田廣幸

発行所　株式会社小学館

〒101-8001 東京都千代田区一ツ橋2-3-1

［編集］03-3230-9343　［販売］03-5281-3556

カバー印刷　株式会社美松堂

印刷・製本　図書印刷株式会社

Printed in Japan　ISBN978-4-09-451334-9